Lupo Lito
#Glückskinder
II. Hochmut

AF210054

Lupo Lito

Hashtag Glückskinder

II. Hochmut

Roman

Bibliografische Information der Deutschen Nationalbibliothek: Die Deutsche Nationalbibliothek verzeichnet diese Publikation in der Deutschen Nationalbibliografie; detaillierte bibliografische Daten sind im Internet über http://dnb.dnb.de abrufbar.

Lektorat + Korrektorat: Buchstabenbüro - Katrin Hatzl-Dürnberger
Coverbild: © Lupo Lito - gemalt und entworfen von Esther Mair mit Nutzung von ChatGPT für die Kuppel

Verlag: BoD · Books on Demand GmbH, Überseering 33, 22297 Hamburg, bod@bod.de

Druck: Libri Plureos GmbH, Friedensallee 273, 22763 Hamburg

ISBN: 978-3-8192-6405-4

Liebe*r Leser*in,

dieses Buch enthält emotional aufwühlende und potentiell triggernde Inhalte.

Deshalb findest du auf Seite 255 Hinweise zu diesen.

Achtung:
Die Hinweise enthalten Spoiler für das gesamte Buch!

Hochmut

Glückskinder glauben nicht an etwas Höheres,
sie glauben an sich und an diejenigen,
die ihnen nahestehen.

Es war bereits kurz vor neun Uhr und Captain hätte eigentlich schon vor einer viertel Stunde im Büro sein sollen.

„Bist du dir sicher, dass sie schon da sein sollte?", fragte er bereits ein wenig ungeduldig bei Tim nach, der ihm diese Information überhaupt erst gegeben hatte, als er vor rund einer Stunde und somit - für seine Verhältnisse - ziemlich früh im Büro ange-kommen war.

„Denkst du, wenn du noch öfter fragst, sage ich ir-gendwann 'Nein'?", war Tim mittlerweile bereits hörbar von dieser Nachfrage genervt und etwas missmutig. „Wie die letzten dreimal auch schon, ja ich bin mir sicher!"

„Okay ... Entschuldigung, dass ich so lästig bin, aber ich will das einfach von meiner To-do-Liste streichen können, damit ich mich voll und ganz auf die nächsten Aufgaben konzentrieren kann", erklärte er sich kleinlaut und war dabei nicht ganz ehrlich. Tim nahm es mit einer Geste zur Kenntnis, die wohl so etwas wie „kein Problem" bedeuten sollte.

Es war ihm überhaupt nicht recht, so lange zu warten, denn er wollte endlich dieses Gespräch hinter sich bringen. Je mehr Zeit verging, desto mehr Zweifel kamen in ihm auf, ob der von ihm gewählte Weg denn tatsächlich auch der richtige war.

„Reiß dich zusammen und zieh das jetzt durch. Captain wird gleich hier sein und dann dauert es keine zehn Minuten und die ganze Geschichte ist erledigt", sprach er sich in seinem Kopf eine etwas eigentümliche Art von Mut zu. Es wirkte eher so, als würde er sich diesen aufzwingen, weswegen im nächsten Moment dann doch gleich wieder - die mittlerweile vertrauten - Zweifel in ihm aufflackerten.

Er kaute an seinem Kugelschreiber herum und tippelte mit seinen Füßen wild auf dem Boden umher, ohne beurteilen zu können, ob er dies aufgrund von Ungeduld oder wegen einem durch die Zweifel aufkeimenden Anflug von Unsicherheit tat. Währenddessen kreisten seine Gedanken um Aurora.

Er hatte sie weder gesehen noch gehört, seit sie vor drei Tagen gemeinsam und stillschweigend auf der Rückbank von Captains Auto die Kuppel verlassen hatten. Und er konnte nicht sagen, ob sie wegen der letzten Worte, die er zu ihr gesprochen hatte, wütend oder sogar böse auf ihn war.

Anfangs hatte er sich noch eingeredet, dass ihm das eigentlich egal war. Doch schon einen Tag später erwischte er sich dabei, wie er sich für einen kurzen Augenblick gewünscht hätte, sie würde sich bei ihm melden, um ihm wenigstens zu signalisieren, dass alles gut bei ihr sei. Das hatte sie jedoch nicht getan und das wiederum hatte zur Folge, dass dieser Wunsch von da an, immer wieder in ihm aufblitzte. Und das machte ihm mehr zu schaffen, als ihm lieb war.

„Es ist an der Zeit, dass ich es hinter mich bringe!", dachte er sich und schaute auf die große analoge Uhr, die an der Wand hing und deren Zeiger sich an diesem Vormittag langsamer zu bewegen schienen, als sie es üblicherweise taten. Gerade als er dazu ansetzen wollte, Tim erneut zu befragen, ob er sich, was Captains Ankunftszeit im Büro betraf auch wirklich ganz sicher war, öffnete sich die Tür zu den Büroräumlichkeiten.

„Jetzt ist es soweit", war er für eine Sekunde erleichtert, bevor doch wieder eine Anspannung einsetzte, die größer war als zuvor. Sie gab ihm ein Gefühl, als ob er gleich eine Prüfung hinter sich bringen müsste, weshalb er sich sogleich halb aus seinem Bürosessel erhob, um zu dieser antreten zu können.

Wie erwartet war es Captain, die durch die Tür schritt, doch ihr Auftreten war nicht so, wie er es erwartet hatte. Ohne Tim oder ihn eines Blickes zu würdigen, stürmte sie in ihr Büro und grüßte nicht einmal. Sie wirkte hektisch, ließ die Tür zu ihrem Büro offen stehen und schien dort nach etwas zu suchen. Er wusste, dass es überhaupt kein geeigneter Moment war, um das Gespräch mit Captain zu suchen, doch er hatte es satt, zu warten. Und noch viel mehr satt hatte er es, weiter auf Nadeln sitzen zu müssen.

Er stand auf und machte sich zu Captains Büro auf. Mit einem kurzen Klopfen an die offenstehende Tür trat er einfach ein. Am Weg dorthin hatte er noch einmal zu Tim gesehen, dessen erschrockener Gesichtsausdruck signalisiert hatte, dass sein Vorhaben keine gute Idee war.

Erneut verdeutlichte er sich innerlich, dass es endlich an der Zeit war, dieses Gespräch hinter sich zu bringen. In weiterer Folge könnte er alles andere hinter sich lassen, was ihn in letzter Zeit beschäftigt und seiner Meinung nach auch aus dem innerlichen Gleichgewicht gebracht hatte.

„Ähm, Captain ...", begann er zögerlich zu sprechen und fuhr nach einer Pause fort: „Wir haben doch jetzt unser Gespräch."

Captain schien sein Auftreten und seine Anmerkung nicht sonderlich zu beeindrucken oder besser gesagt wusste er nicht einmal, ob sie ihn überhaupt wahrgenommen hatte. Sie war in den grauen verschließbaren Aktenschrank vertieft und suchte offenbar nach etwas Bestimmten. Der Umstand, dass sie sich nicht hingesetzt und nicht einmal ihre dünne Sommerjacke ausgezogen hatte, ließ darauf schließen, dass es sich um eine dringliche Angelegenheit handelte.

Nachdem er keine Antwort erhielt, beschloss er, es mit einer anderen Strategie zu versuchen, von der er glaubte, sie könne Captains Aufmerksamkeit wecken.

„Ähm, ich meine nur ... Wenn wir das Gespräch erledigt hätten, könnte ich mich besser auf die anderen Arbeiten konzentrieren, die noch anstehen", wählte er Worte, die den Fokus auf eine mögliche Verbesserung seiner Arbeitsleistung lenkten.

Mit dieser Bemerkung hatte er Captain erreicht. Endlich reagiert sie, auch wenn sie weiterhin auf ihre Suche und den geöffneten Aktenschrank konzentriert war. Anstatt die von ihm gewünschte Reaktion zu zeigen, zischte sie ihn allerdings an: „Ist es meine Aufgabe, meinen Tagesablauf so zu gestalten, dass er für dich angenehm ist, oder wie stellst du dir das vor?"

„Ich meine ja nur, weil ähm ...", suchte er ein wenig eingeschüchtert nach Argumenten, während ihm auffiel, dass sein Gesprächsansatz eventuell nicht der Klügste gewesen war.

„Für die andere Arbeit müsste ich wohin fahren, um etwas zu recherchieren, und das könnte schon dauern. Deshalb habe ich gedacht, es wäre das Beste für uns beide das Ganze gleich zu besprechen ... Ähm, ich will doch nicht, dass du sonst wegen mir den ganzen Tag warten musst", versuchte er sie mit einem erfundenen Vorwand zu beschwichtigen und sein Anliegen so wirken zu lassen, als würde es dabei mehr um Captain und ihre Vorteile gehen als um ihn und die seinen.

„Hmmm, ich verstehe ...", schienen seine Worte und seine aus den Fingern gezogene Argumentation bei Captain Wirkung zu zeigen. „Aber ich muss zuerst noch etwas Wichtiges finden!" Weiterhin war sie mit dem Aktenschrank beschäftigt und kramte darin herum.

„Wo habe ich das nur abgelegt?", murmelte sie sich währenddessen selbst zu und tat das trotzdem so laut, dass er es verstand.

„Soll ich helfen?", sah er sogleich eine Chance, seinen Fauxpas, einfach in ihr Büro spaziert zu sein, wieder gut zu machen. Er spähte in Richtung Aktenschrank. „Um was geht es denn?"

„NEIN! Sollst du nicht!", schnauzte ihn Captain an, ohne ihn dabei eines Blickes zu würdigen. „Für den Moment geht es dich nichts an und falls es doch irgendwann einmal relevant für dich werden sollte, wirst du es schon früh genug erfahren!", wurde sie sogar ein wenig forsch.

„Ähmmm, okay ...", war er mit seinem Latein am Ende und wusste nicht mehr so wirklich, wie er reagieren sollte. Bereits etwas eingeschüchtert wagte er nochmals einen letzten Versuch: „Aber wie tun wir dann mit dem Gespräch? Es gibt schon dringende Angelegenheiten, die ich mit dir besprechen muss. Vor allem wegen Auro ..."

„Jaja, schon gut, schon gut ...", fiel ihm Captain eher genervt als verständnisvoll ins Wort. „Wenn ich es gefunden habe, muss ich es sofort wo abliefern. Das hat jetzt höchste Priorität, also verschieben wir das Gespräch auf morgen oder übermorgen. Du kannst dann deine andere Arbeit machen und musst nicht extra hierblieben und warten, bis ich zurückkomme. Ich gebe dir Bescheid, wann wir in den nächsten zwei Tagen sprechen", hatte sie prompt eine Lösung parat.

„Aber es war doch für heute eingeplant!", protestierte er und klang dabei eher kleinlaut und nicht unbedingt bestimmt, nachdem er realisiert hatte, dass er sich mit seiner Lüge von zuvor – betreffend seines geplanten Arbeitstages - selbst in die Bredouille gebracht hatte.

„Und ich denke wir sollten das wirklich unbedingt noch besprechen, bevor Aurora wieder ins Büro kommt!", artikulierte er zumindest noch einen Punkt, der essentiell für ihn war.

„Jaja, das werden wir schon", wimmelte ihn Captain ab und gab ihm gleichzeitig zu verstehen, dass sie seinen Wunsch vernommen hatte. „Aurora kommt erst nächste Woche wieder, weil sie die Überstunden und den Urlaub aus der Probezeit aufbrauchen muss, also wird sich das schon ausgehen."

„Ah, ich glaube, ich habe sie gefunden ...", erhellte sich Captains Stimme und mit dieser ihre allgemeine Stimmung, als sie eine Akte aus dem Schrank zog, deren Aufschrift er nicht erkennen konnte.

Nun schien sich Captain auch wieder mehr auf ihn konzentrieren zu können. Sie setzte sich mit der Akte an ihren Schreibtisch, stützte ihre Ellenbogen darauf ab und sah ihn zum ersten Mal an diesem Vormittag richtig an.

„Ich hoffe, diese Kuppel lässt dich nicht auch noch durchdrehen. Mir kommt es so vor, als würde es auf einmal bei jeder Kleinigkeit nur noch um diese überdimensionale Schneekugel gehen. Alle werden ganz nervös deswegen und am Ende habe ich dann die Scherereien ... Wie gesagt, ich schreibe dir, wann genau wir unser Gespräch führen werden, und jetzt schließe bitte die Tür hinter dir, wenn du aus dem Büro gehst", waren die Worte, mit denen sie das Gespräch beendete.

Ihr strenger Blick und der dazu passende Ton in ihren Worten ließen keinen Zweifel daran, dass es sich weniger um eine Bitte, sondern viel mehr um einen Befehl handelte. Deshalb machte es für ihn keinen Sinn, einen neuen Anlauf zu wagen. Wenigstens hatte er die Situation noch so weit retten können, dass das Gespräch stattfinden sollte, bevor Aurora an ihren Arbeitsplatz zurückkehren würde.

„Okay, Captain", antwortete er mit geläuterter Stimme und schloss vorsichtig die Tür hinter sich, obwohl er innerlich aufgewühlt und irgendwie geladen war.

„Das Universum will mich wohl verarschen, jetzt muss ich mich nochmal mindestens einen Tag mit dem Blödsinn herumschlagen", ärgerte er sich lautlos und ohne es nach außen hin zu zeigen, als er sich wieder an seinen Schreibtisch setzte.

„Und überhaupt, was soll ich denn jetzt heute machen, nach meiner Ansage kann ich schwer den ganzen Tag hier im Büro bleiben. Schon wieder alles nur

wegen dieser nervigen Aurora", hatte er in seinem Kopf die Schuldige für die entstandenen Unannehmlichkeiten ausgemacht.

Um sich zu beruhigen, ging er auf den großen Balkon und zündete sich eine Zigarette an. Nachdem er ein paar Mal daran gezogen hatte und sich im Schatten der ausgerollten Markise von den Strahlen der für die Uhrzeit bereits recht heiß scheinenden Sommersonne in Sicherheit gebracht hatte, fiel es ihm wieder leichter, klare Gedanken zu fassen. Das mündete darin, dass er plötzlich stutzig wurde.

Zuerst war es ihm gar nicht so richtig aufgefallen, aber Captains zuletzt getätigte Aussagen warfen so einige Fragen auf. So wie er es interpretierte, musste die Akte, die Captain so nervös wirkend und angestrengt gesucht hatte, ebenfalls etwas mit der Kuppel zu tun haben. Und irgendetwas musste es damit auf sich haben, denn ansonsten hätte sie einfach in ihrem Computer nachsehen können.

Er hatte bis jetzt noch nie mitbekommen, dass Captain etwas in diesem versperrten Aktenschrank gesucht, geschweige denn etwas daraus hervorgeholt hatte. Im Grunde wussten Tim und er nur deshalb von dem Umstand, dass sich darin tatsächlich Unterlagen befanden, weil sie bei der Einrichtung des Büros mitbekommen hatten, wie welche in diesen eingeräumt wurden. Ansonsten hätte dieser, nun auf ihn suspekt wirkende, graue Aktenschrank gut und gerne auch einfach nur als verstaubte Requisite durchgehen können.

„Was hat das alles zu bedeuten?", war die Frage, die ihm dazu in den Sinn kam. Er bemerkte, dass es ihm zunehmend schwerer fiel, einzuordnen, was es mit dieser Kuppel und dem ganzen Drumherum auf sich hatte. Und ebenso wie er es für sich bewerten sollte.

Dieses Gefühl der Unklarheit sowie die deutliche Erkenntnis, bei der ganzen Sache nicht richtig im Bilde zu sein, nervte ihn immer mehr. So war es schwierig für ihn, vernünftige Einschätzungen zu treffen. Selbst wenn er wusste, dass die Chance groß war, dass er wieder einmal zu viel in eine bestimmte Sache hineininterpretierte und es vermutlich nur um eine Kleinigkeit ging, wie dass beispielsweise einfach bemerkt wurde, dass eine bestimmte Akte am falschen Ort aufbewahrt wurde, verspürte er den Drang und beinahe sogar schon eine Art Zwang, mehr darüber wissen zu müssen.

„Dann weiß ich jetzt wenigstens, was ich mit dem heutigen Tag anfange und wohin ich gehe", hielt er die Idee, zu der Person zu gehen, von der er glaubte, dass sie ihm am ehesten bei seinen Fragen weiterhelfen konnte, gleichzeitig auch für die Lösung seines anderen Problems, welches er sich durch seine Aussage von zuvor eingebrockt hatte. Dennoch

löste allein der Gedanke daran, genau diese Person zu sehen, ein mulmiges Gefühl ihn ihm aus.

Er fackelte gar nicht lange und setzte sich nach der Rückkehr ins Büro nicht einmal mehr an seinen Arbeitsplatz, sondern packte seine Tasche und informierte Tim währenddessen darüber, dass er den restlichen Arbeitstag außerhalb des Büros verbringen werde. Bei der Gelegenheit bat er diesen auch gleich darum, Captain darüber zu informieren, dass er schon losgegangen war.

„Kluge Entscheidung ...", konnte ihn Tim flüsternd und sogar mitleidig wirkend verstehen. „Es ist sicher angenehmer für dich, wenn du Captain heute aus dem Weg gehst. Sie ist nicht einmal richtig laut geworden, das ist kein gutes Zeichen."

„Tja, wahrscheinlich bekommst du jetzt die ganze Schreierei ab", antwortete er halb im Scherz und halb ernst gemeint, während er bereits am Weg zur Ausgangstür war.

„Jedes lauter als Zimmerlautstärke ausgesprochene Wort kostet dich ein Bier!", ließ Tim ihn mit einem Schmunzeln wissen und hob zur Verabschiedung lässig seine Hand.

Er verabschiedete sich ebenfalls mit einer kurzen Handbewegung, ging durch die Tür und machte sich auf den Weg. Es war gut, dass es erst

Vormittag war, denn sein Zielort lag außerhalb der Stadt und um dort hinzugelangen, brauchte es neben ausreichend Zeit normalerweise auch Geduld. Doch hoffte er, es heute ohne Zweiteres zu schaffen. Wie er für sich feststellte, hatte er seine Geduld für einen Tag bereits aufgebraucht.

Er brauchte gut zwanzig Minuten durch die Stadt bis zum Bahnhof. Wenn er sich nicht mit den Tücken des dichten Vormittagsverkehrs herumschlagen hätte müssen, hätte er es schneller geschafft. Selbst vor Fußgängern machte dieser nicht Halt, denn seit geraumer Zeit war es jedenfalls gefühlt so, dass bei stärkerem Verkehr die Grünphasen für Autos bei Straßenübergängen länger wurden, wohingegen sie für Fußgänger kürzer wurden.

„Prioritäten eben", waren seine Gedanken dazu, auch wenn ihn das ein wenig ärgerte und heute noch mehr als sonst. Das war nicht nur dem bisherigen Verlauf seines Tages geschuldet, sondern zu einem guten Teil auch der Hitze, die die Stadt in ihrem Würgegriff hielt. Der Asphalt und die Mauern der Häuser waren, trotz der noch frühen Uhrzeit, bereits mehr als ordentlich aufgeheizt und die Reflexion der Sonnenstrahlen durch übergroße Fensterscheiben, die Teil der modernen Architektur waren, sowie der Blechdächer verstärkten diesen Effekt.

Wie brütend die Hitze bereits war, konnte er auch daran erkennen, dass das Licht über dem Boden flimmerte und er bei so manch einem Schritt das Gefühl hatte, in den Asphalt einzusinken. Das Einatmen der trockenen Luft war unangenehm und so blickte er fast neidisch in die klimatisierten Wägen, die fröhlich an ihm vorbeifuhren, während ihm ohne Wasser eine weitere Rotphase vorkam wie eine halbe Ewigkeit.

„Selbst schuld, wenn du deine Wasserflasche vergessen hast!", fand er den Fehler bei sich und nicht bei den fehlenden politischen und baulichen Maßnahmen gegen die Hitze in der Stadt.

Er konnte sich erinnern, wie der Bürgermeister von Begrünung der Hausfassaden gesprochen hatte und von Brunnen mit Trinkwasser in viel frequentierten Gegenden, als es um dessen Wiederwahl gegangen war. Davon übrig geblieben war eine neu gepflanzte kleine Eiche vor dem Rathaus und ein neuer pompöser Brunnen in der Innenstadt, in den man allerdings Geld einwerfen musste, um für wenige Sekunden Wasser zu Verfügung zu haben. Diese zwei ersten Schritte der Umsetzung der Wahlversprechen waren noch kurz vor der Wahl geschehen. Im Nachhinein waren sie wohl eher als eine ausgeklügelte Finte zu bewerten, wenn man bedachte, dass nach der Wahl nichts mehr in diese Richtung passiert war und das war jetzt auch schon wieder einige Jahre her.

„Der Bürgermeister hat ja noch ein paar Jährchen Zeit, bis die fünfzehn Jahre Amtszeit vorbei sind. Vielleicht geht sich da noch irgendwo eine zweite Eiche aus", wurde er in seinem Kopf zynisch, als er sich im Kiosk beim Bahnhof eine völlig überteuerte Flasche Wasser kaufte. „Trotzdem selber schuld, ich hätte einfach daran denken müssen. Vielleicht sind diese Brunnen in der Kuppel ja doch eine ganz gute Vorbereitung für das Leben außerhalb von dieser."

Als er schließlich im Zug Platz genommen hatte, genoss er zunächst einmal die kühle Luft der Klimaanlage, die sich besonders auf seinen - aufgrund seiner kurzen Hose - nackten Waden angenehm erfrischend anfühlte, bevor er damit begann, aus dem Fenster zu blicken. Er mochte es, in einem Zug zu sitzen und zu beobachten, wie die Häuser in den dicht besiedelten Gegenden geradezu an einem vorbeiflogen, bevor ihre Anzahl stetig abnahm und es plötzlich Bäume und Wiesen waren, die am Fenster vorbeizogen. An einem Hitzetag wie heute mochte er es sogar noch ein wenig mehr.

Der Zug folgte einige Zeit dem Fluss, bevor die Schienen eine andere Richtung einschlugen und nach einem guten Stück über Wiesen und Felder in einen Wald führten. Die Fahrt hatte etwas mehr als eine Stunde gedauert und er stieg bei dem letzten Halt vor dem Wald aus. Vom kleinen Bahnhof aus schaute er dem Zug noch eine Zeit lang hinterher und sah zu, wie dieser Waggon für Waggon zwischen den Bäumen verschwand.

Eigentlich wäre es effizienter gewesen, noch zwei Stationen weiter zu fahren, um schneller ans Ziel zu gelangen, doch er entschied sich bewusst dagegen. Das, was er vorhatte, war zwar kein Verbrechen, trotzdem mussten sein Weg und somit sein Ziel nicht unbedingt zu leicht herausgefunden werden können.

Die Sonne strahlte genauso heiß, wie sie es schon in der Stadt getan hatte, und obwohl hier ebenfalls eine ordentliche Hitze vorherrschte, war der Unterschied merklich spürbar. Die Wiesen, Pflanzen und Bäume rundherum sorgten dafür, dass er mit jedem Atemzug wahrnehmen konnte, um wie viel angenehmer und weniger trocken die Luft für seinen Hals war. Auch auf seiner Haut fühlte sie sich sanfter und weniger beißend an.

Rund hundert Meter vom kleinen Bahnhof entfernt führte ein Feldweg in den Wald, an dessen Grenze sich große und dichte Holundersträucher wie ein Tor über den Weg legten. Ihr süßlicher Duft wich ein paar Meter weiter bereits dem herberen der Nadelbäume, die sich den Platz mit verschiedensten Laubbäumen teilten. Die Luft wurde im Schatten der Bäume noch einmal spürbar kühler, was eine Wohltat für seinen Körper und seinen Kopf war. Er wurde langsamer und hielt nach einem bestimmten

Busch Ausschau, dessen Bild er sich ins Gedächtnis rief, aber von dem er nicht sagen konnte, ob er ihn überhaupt wiedererkennen würde.

„Es ist eine Weile her, vielleicht gibt es ihn gar nicht mehr ...", wurde er kurz unsicher, nachdem er bereits auf den vierten Busch zugegangen war, von dem er geglaubt hatte, dass es sich um den von ihm Gesuchten handelte. Trotzdem probierte er es weiter und konnte beim nächsten erkennen, dass etwas darin versteckt war.

„Es gibt ihn also doch noch", war er erleichtert und beinahe ein wenig stolz auf sich selbst, als er vorsichtig ein Fahrrad daraus hervorschob. *„Den Weg zu Fuß gehen zu müssen, hätte den Zeitplan ordentlich durcheinandergewirbelt."*

Es war ein anderes Fahrrad als jenes, das er in Erinnerung hatte, und wirkte ziemlich neu. Das erfreute ihn, denn er hatte schon mit einem verrosteten Drahtesel ohne Luft in den Reifen gerechnet. Er schwang sich auf das Rad und trat sogleich ordentlich in die Pedale. Das war auch notwendig, denn einen Elektromotor, wie ihn mittlerweile beinahe alle Fahrräder besaßen, hatte dieses nicht.

Nach einigen Metern beschloss er dann allerdings, sich nicht zu sehr zu verausgaben, und fuhr in einem eher gemütlichen Tempo weiter. Ob er ein paar Minuten früher oder später ankam, spielte keine

Rolle. Stattdessen versuchte er sich in seinem Kopf, der wieder funktionstüchtiger schien, darauf vorzubereiten, was zu tun war, wenn er an seinem Ziel angekommen war.

Im Grunde war seine Wahl, diese kleine Reise aus der Stadt hinaus anzutreten, in keinster Weise aus einer positiven Motivation heraus entstanden, sondern viel mehr daraus, dass er darin die einzige Möglichkeit sah, Antworten zu bekommen. Antworten, die er sonst nicht erhalten würde. Je näher er seinem Ziel kam, desto unsicherer wurde er, ob das überhaupt stimmte.

„Es wird vermutlich etwas seltsam werden", ging es ihm durch den Kopf, während er an einer kleinen Lichtung vorbei radelte.

„Ob sie überhaupt mit mir sprechen will, nach all dem, was ich so gehört habe?", schaltete sich jetzt auch noch sein Gewissen ein.

Nach zwanzig Minuten lichtete sich auf der linken Seite des Weges der Wald etwas, während er auf der rechten Seite komplett verschwand. In einiger Entfernung konnte er dort das kristallklare Wasser eines großen Sees erkennen, hinter dem sich ein steiler felsiger Berg erhob.

„Eigentlich wäre heute der perfekte Tag, um dort hineinzuspringen", stellte er beinahe sehnsüchtig fest,

als er an der Abzweigung, die zu dem See führte, vorbeifuhr und sich dabei fragte, wann er zum letzten Mal in einem natürlichen Gewässer geschwommen war.

Zehn Minuten später bog er auf einer Weggabelung nach links ein und folgte anschließend einem Weg, der noch ein kurzes Stück durch den mittlerweile wieder dichteren Wald auf eine große Lichtung hinsteuerte. Inmitten der Lichtung stand eine große Blockhütte, die aus hellen Holzstämmen gefertigt war, wobei Hütte definitiv nicht der passende Begriff war, denn sie war zweistöckig und hatte ungefähr die Größe eines geräumigeren Einfamilienhauses. Rundherum war sie zu Teilen eingezäunt und neben einem kleinen Gewächshaus befand sich ein Hühner- und Kaninchenstall. Neben dem Gackern konnte er für einen Augenblick auch ein kurzes lautes Bellen vernehmen, das seinem Gehör zufolge von der anderen Seite der Blockhütte kommen musste. Dessen Verursacher konnte er allerdings nicht erspähen.

„Lebt die Hündin etwa noch?", hatte er dennoch eine Vermutung, während er vom Fahrrad abstieg und es an den wackelig wirkenden Holzzaun lehnte. Er zündete sich eine Zigarette an und schritt langsam Richtung Eingangstür. Währenddessen begutachtete er die Umgebung und verglich das vor seinen Augen Befindliche in seinem Kopf mit den Bildern aus der Vergangenheit.

Neben dem Gewächshaus sowie dem Hühner- und Kaninchenstall kam ihm auch der kleine grün lackierte Schuppen für die Gartengeräte bekannt vor und ebenso die Flächen der Beete, auf denen er Zucchini, Tomaten und verschiedene Salate wachsen sehen konnte. Neu war eine ziemlich große Garage, die im Vergleich zur Holzhütte viel zu modern wirkte und nicht wirklich in das restliche idyllische Bild passte.

An die Föhre, die zwischen der Hütte und der Garage stand, konnte er sich hingegen noch sehr genau erinnern, auch wenn sie mittlerweile sogar die Hütte überragte und nicht wie in seiner Erinnerung nur knapp über den kleinen Balkon im zweiten Stock reichte. Er schloss für einen kurzen Moment die Augen und nahm den Geruch des Lavendels wahr, der direkt neben die Außenwände der Hütte gepflanzt war, während er dem Summen der Bienen lauschte, die sich in diesem tummelten.

„Das riecht und klingt nach einer anderen schönen Welt", kamen ihm die Worte in den Sinn, die ihm jemand genau an dieser Stelle an einem ähnlich heißen Sommertag gesagt hatte. Bevor er die Worte an sich heranließ, besann er sich darauf, weswegen er an diesen Ort gekommen war. Er nahm einen letzten Zug von seiner Zigarette und klopfte zögerlich, wenn nicht sogar schon etwas ängstlich an die Holztüre.

Nachdem er sowohl darauf als auch auf ein weiteres nicht mehr so zögerliches Klopfen keine hörbare Reaktion erhielt, trat er einfach ein. *„Immer noch unverschlossen",* war er nicht überrascht darüber, dass das so leicht funktionierte.

Er hatte eine Ahnung, welchen Raum er ansteuern musste, und ging an den Treppen vorbei, geradewegs durch die Küche. Durch eine weitere Türe betrat er einen hellen großen Raum. Die eine Wand des Raums bestand fast zur Gänze aus riesigen Glasschiebetüren, weshalb es so wirkte, als würde die Wand praktisch aus nichts bestehen. Er konnte die frische Luft spüren und riechen, die durch die geöffneten Schiebetüren in den Raum drang.

Wenn er nicht ohnehin eine Idee gehabt hätte, in welchen Raum er sich begeben musste, hätte er nur den Geräuschen folgen können, die zuerst noch undeutlich waren und ein wenig nach einem Fernsehgerät klangen. Jetzt da er im Raum stand, sah er, dass diese wirklich von einem solchen ausgingen. Der Fernseher stand auf einem niederen Kasten direkt an der Wand. Es handelte sich um ein altmodisches Flatscreenmodell, welches so dick war, dass es heute wahrscheinlich gar nicht mehr als ein solches durchgehen würde.

Wie alt es war, bemerkte man auch an dem DVD-Player, der danebenstand und über den der Film abgespielt werden musste. Der Fernseher selbst war vermutlich nicht in der Lage dazu, eine Internetverbindung herzustellen. Gleichzeitig hieß das auch, dass weder Video- noch Audioaufzeichnungen gemacht werden konnten, da beide Geräte noch nicht über die dafür notwendige Hardware verfügten. Das war heutzutage eine Seltenheit. Im Handel wurden solche Modelle gar nicht mehr verkauft und sie durften auch nicht repariert werden, wenn sie nicht mehr richtig funktionstüchtig waren. Das sorgte dafür, dass die ohnehin schon wenigen Geräte, die noch im Umlauf waren, immer weniger wurden.

„Unsere Geschichte beginnt wie diese Geschichten so oft beginnen, mit einem jungen aufstrebenden Politiker. Er ist ein tief religiöser Mann und Mitglied der konservativen Partei. Er ist ungeheuer zielstrebig und hat vor den politischen Vorgehensweisen keine Achtung", konnte er jetzt laut und deutlich die Worte der Szene des Films vernehmen, die aus den eingebauten Boxen des Fernsehers dröhnten. Auf der Couch, die dem Abspielgerät gegenüberstand und neben der auf einem kleinen Tisch ein Krug Wasser mit zwei Gläsern abgestellt waren, war jedoch niemand anzutreffen.

Dafür starrte er plötzlich auf ein ihm entgegengestrecktes, rundliches Hinterteil, welches von einer bunt gemusterten Yogahose bedeckt wurde und durch die eingenommene Yogaposition in Szene

gesetzt sowie in den Mittelpunkt seines Blickes gerückt wurde.

*„Ich habe nicht damit gerechnet, hier einen herab-
schauenden Hund anzutreffen"*, war er für den Moment fast schon überfordert und nahm eilig seine
Augen von dem Hintern der Frau, die auf einer
Matte vor dem Fernsehgerät in ihre Übung vertieft
war.

Kurz warf er nochmal einen flüchtigen Blick in ihre
Richtung, um sich zu versichern, dass es sich bei
ihr auch wirklich um die Frau handelte, die er hier
anzutreffen erhoffte. Die offenen, kastanienbraunen Haare waren genug Beweis für ihn, dass dem
so war, weshalb er seinen Kopf von ihr wegdrehte,
mit seinen Augen den Wasserkrug ins Visier nahm
und sich, so laut er konnte, räusperte.

Als er darauf keine hörbare Reaktion erhielt, wiederholte er das Räuspern und wagte es danach
nicht erneut zu ihr hinzusehen. Er befürchtete, sie
könnte sich just in jenem Moment umdrehen und
es könnte so wirken, als hätte er ihr auf ihr zugege-
benermaßen recht wohlgeformtes Hinterteil gestarrt. Diese Befürchtung war hauptsächlich dem
Umstand geschuldet, dass er in solchen Momenten
gerne rot wurde, was im Gegensatz zu anderen Ge-
mütsregungen schwer zu verbergen war. Außerdem
hätte er es für keinen guten Start des Wiedersehens
gehalten.

„*Oder ich will einfach nicht, dass sie glaubt, dass ich auf ihren Arsch starre*", dachte er sich gerade, als er eine etwas angestrengte, aber wohl mit sich im Einklang befindliche weibliche Stimme hörte.

„Mohsen, du sollst mich doch nicht bei meinen Yogaübungen stören", ließ diese ihn wissen, ohne dabei genervt oder verärgert zu klingen.

„Ähm, ich bin nicht Mohsen", war das Einzige, was er ein wenig unsicher und irritiert herausbrachte.

„Ich bin ...", wollte er gerade weitersprechen, als er in der Spiegelung des Wasserkrugs erkannte, dass sich die Frau bewegte.

„Du bist es!", war die weibliche Stimme nun weniger im Einklang, sondern viel eher aufgeregt und überrascht. „Was verschafft mir diese unerwartete Ehre?"

„Hallo, Sonja!" Er drehte seinen Kopf zurück und sah sie an.

Sonja war ein gutes Stück größer als er. Neben der Yogahose trug sie ein Top mit demselben bunten Muster, welches ihren Bauch nur halb bedeckte. Sie war barfuß und ihre lackierten Zehennägel passten farblich zu ihren kastanienbraunen Haaren, die ihr knapp bis unter die Schulter reichten.

„Du schaust gut aus", versuchte er, selbst wenn es seine tatsächliche Meinung war, etwas plump ins Gespräch zu kommen. Keines der von ihm im Vorhinein durchgespielten Szenarien hatte eine Yogastunde beinhaltet, was ihn aus dem Konzept gebracht hatte.

„Hehe", lachte Sonja schelmisch, ihre Zähne blitzten dabei auf. „Danke, das ist lieb von dir ... So übertrieben wie du auf mein Wasser gestarrt hast, musst du aber wohl meinen Arsch meinen", rieb sie ihm ohne Umschweife unter die Nase.

„Ähm, nein", wurde sein Gesicht nun sogar extra rot. Er fühlte sich gleich doppelt ertappt und versuchte diesem Umstand mit Empörung zu entfliehen. „Nein, nein! Das habe ich nicht, ich meine ...."

„Also schaut mein Arsch nicht gut aus?", hatte Sonja sichtlich Spaß daran, ihn weiterhin in Verlegenheit zu bringen. „Das ist aber nicht gerade nett von dir."

„Ähm doch ... Oder nein ... Ähm, natürlich", stammelte er und wusste nun überhaupt nicht mehr, wie er sich aus der Situation befreien sollte. Für einen kurzen Moment wünschte er sich sogar, dass er gar nicht erst hergekommen wäre.

Sonja lachte herzhaft, packte ihn freundschaftlich an den Armen und umarmte ihn liebevoll.

„Bist du immer noch so leicht aus der Fassung zu bringen?", fragte sie ihn sichtlich aufgeheitert, nachdem sie die Umarmung gelöst hatte.

„Nur von dir, schätze ich …", gab er klein bei und war froh, als er bemerkte, dass sie weder etwas von ihrer Lockerheit noch ihrer Gelassenheit eingebüßt und sich lediglich einen Scherz mit ihm erlaubt hatte.

„Es ist schön, dich zu sehen", übernahm Sonja den Einstieg ins Gespräch und konnte weiterhin noch nicht zur Gänze damit aufhören ihn aufzuziehen. „Und mein Arsch bedankt sich für das Kompliment."

„Das kann er auch", ließ er sich von ihrer Lockerheit anstecken und konterte schlagfertig. Da er sich nun sicher war, dass es zu keinen Problemen zwischen ihnen führen würde, fügte er mit einem Augenzwinkern hinzu: „Und dein Gesicht auch. Sie schauen beide gut aus."

„Hehe, na also, geht doch", kicherte Sonja und war sichtlich erfreut über ihre erfolgreiche Intervention in Sachen Lockerheit. Nicht nur von ihrem Äußeren, sondern auch von ihrer Art war ihr kaum anzumerken, dass sie schon über fünfzig war.

„Im Herzen ist sie jünger als ich, das war sie schon immer ...", erinnerte er sich, dass sie immer schon junggeblieben wirkte.

Es waren ihre Lockerheit, aber auch die Wärme und Gutmütigkeit, die sie auszeichneten und die sie stets mit ihren sanftmütigen braunen Augen zum Ausdruck brachte. Einzig das ein oder andere Krähenfüßchen um ihre Augenpartie und Fältchen um ihren Mund waren dazugekommen, doch diese hatten ihrer natürlichen Attraktivität, die sie seit jeher besessen hatte, nichts anhaben können. Vielleicht hatten sie diese sogar noch ein wenig gesteigert.

Er wusste aber ebenso, dass sie knallhart und taff sein konnte, wenn sie musste, und dass sie sich nie ein Blatt vor den Mund nahm, wenn sie es für notwendig empfand, etwas anzusprechen. Selbst wenn ihr dabei hin und wieder anzumerken war, dass sie mit sich ringen musste, um das dann auch tatsächlich zu tun. Das hatte sie ihm selbst einmal an einem weit in der Vergangenheit liegenden feucht fröhlichen Abend gestanden.

„Manchmal ist es fast so, als wäre sie zwei Personen, die sich einen Körper teilen", fiel ihm wieder ein, nachdem er sich ihr Verhalten, ihre Stimme und den Ausdruck in ihrem Gesicht ins Gedächtnis rief, wenn sie das eine Mal so und ein anderes Mal anders war.

„Du hast recht", hatte sie ihm damals sogar bestätigt, als er ihr das am selben feucht fröhlichen Abend ins Gesicht gesagt hatte, nachdem er sich zuvor genügend Mut angetrunken hatte. Damals hatte er über vieles mit Sonja sprechen können, manchmal sogar über wirklich Persönliches, und sich das auch getraut. Doch das war - eigentlich schon zu - lange her und er bezweifelte, dass er das heute immer noch tun könnte.

„Ich weiß nicht, ob sie noch die Sonja von früher ist. Ich bin jedenfalls nicht mehr derselbe ... Ich darf mich nicht blenden lassen", führte er sich vor Augen, was er sich am Weg zur Blockhütte immer wieder vorgekaut hatte, und beschloss trotz der anfänglichen Lockerheit nicht unvorsichtig zu werden.

„Können wir reden? Ich hätte ein paar Fragen, bei denen du mir vielleicht weiterhelfen kannst", ließ er Sonja den Grund wissen, weshalb er zu ihr gekommen war.

„Wenn du schon den ganzen Weg auf dich genommen hast, kann ich dir das wohl schwer abschlagen", willigte sie, ohne zu zögern, ein. „Setzen wir uns raus auf die Veranda", schlug sie gleich den passenden Ort für ein Gespräch vor, während sie sich zu dem Fernsehgerät begab, das weiterhin den Film abspielte.

„Ich habe gedacht, den Film gibt es nicht mehr seit der Zensur", sagte er im Grunde mehr fragend als feststellend zu Sonja, während sie den Fernseher abdrehte.

„Der Vorteil von DVDs", lachte ihn diese an. „Als die noch produziert wurden, hat es noch keine Zensur gegeben und die bekommt man dann auch nicht so einfach aus der Welt wie die Filme, die nur bei den Onlineanbietern hochgeladen sind. Außerdem ist der Film ein Klassiker und du weißt doch, wie gerne ich ihn mag."

„Einer der wenigen Fälle, bei denen eine Mischung aus Comicbuch und Film das Beste wäre", äußerte er seine Meinung dazu, obwohl Sonja seine Ansicht dazu schon von früher kannte. Besagtes Comicbuch hatte er sich nicht einmal in Nico Robins und seinem Bücherzimmer aufzubewahren getraut. Es war ihm damals durchaus schwergefallen war und trotzdem hatte er es weggeworfen.

„Wenn sie das finden sollten, hätten wir richtige Probleme", hatte er sich gedacht, was schließlich auch sein Beweggrund gewesen war, sich davon zu trennen. Es war ihm dabei mehr um den Schutz seiner Mitbewohnerin gegangen als um seinen eigenen und gleichzeitig hatte er es irgendwie schon fast ironisch gefunden, wenn man sich den Inhalt der besagten Graphic Novel vor Augen führte.

„Und die Geschichte ist näher an der Realität, als sie damals wohl vermutet hätten, als sie entstanden ist", setzte er seine Meinungsäußerungen fort, während sie nach außen auf die Veranda traten, die sich direkt hinter den Schiebetüren aus Glas befand.

„Ja, bis auf diesen Teil mit dem Virus, das war dann doch ziemlich weit hergeholt. Diese Schreckensszenarien mit möglichen Epidemien und Pandemien, die früher verbreitet wurden, waren wohl etwas übertrieben und sind nie eingetreten", war Sonja bei einem Punkt anderer Meinung. Nach einer kurzen Pause fügte sie fast schon spöttisch hinzu: „Wobei, das haben sie vom Klimawandel ja auch immer behauptet und deshalb nichts dagegen unternommen …"

„Ein guter Übergang zu meinen Fragen", wollte er die gelieferte Vorlage sogleich nutzen, während sie sich auf eine gemütlich ausgepolsterte Bank an einen Tisch setzten.

„Noch nicht!", stoppte ihn Sonja jedoch, ohne dabei forsch zu werden. „Wir warten jetzt erst einmal bis Mohsen weg ist … Ich gehe davon aus, dass du lieber alleine sprechen willst, oder?"

„Ja, das wäre mir sehr recht", wusste er, worauf Sonja noch hinauswollte, und zog wie als Beweis eine kleine Box aus seiner Tasche hervor.

„Also keine Sorge", verdeutlichte er mit Worten, während er die Box zurück in die Tasche stopfte.

Es war eine kleine schalldichte Box, die das Abhören der Mobiltelefone unmöglich machte, wenn man diese darin aufbewahrte. Man musste lediglich darauf achten, sie nicht zu lang zu nutzen, damit es nicht aufzufallen begann, dass von dem Gerät keine Daten zu holen waren.

Es war eindeutig besser, wenn nicht herausgefunden wurde, dass man eine solche besaß oder sogar benutzte, weshalb er immer sorgfältig und genau abwägte, wann seine Box zum Einsatz kam und wann nicht. Heute hatte er sich dafür entschieden, letzte Woche in der Kuppel dagegen. Das war die richtige Entscheidung gewesen, wie er damals bemerkt hatte, als Jonathan als Allererstes das Gepäck kontrolliert hatte.

„Wenn diese Boxen so klein wären wie Auroras Brosche, dann wäre es wesentlich einfacher, sie zu verwenden", erinnerte er sich plötzlich wieder an das als kleine goldene Sonne getarnte Abhörgerät. Nach dem letzten Gespräch mit Jonathan am Tag vor ihrer Abfahrt aus der Kuppel war er sich beinahe sicher, dass dieser die Brosche bei der Kontrolle entdeckt gehabt haben musste. Zu Auroras Glück hatte der Butler darauf verzichtet, seinen Fund zu melden.

Sonja kicherte, denn sie hatte einen alternativen Vorschlag zu seiner Box: „Du hättest es einfach zu den Hühnern in den Stall legen können, dann würden sie das übliche Gackern hören, das sie sowieso bei den meisten Geräten zu hören bekommen. Belanglose und sinnentleerte Gespräche über die eigenen Eitelkeiten und Schimpftiraden über andere ...“ Er musste schmunzeln.

„Wer ist eigentlich dieser Mohsen, von dem du gesprochen hast?“, wechselte er das Thema.

„Mohsen wohnt draußen in dieser scheußlichen Garage“, antwortete Sonja, schaute sich immer wieder um und lächelte fast schon gerührt. „Er ist da, um mich zu überwachen, aber das ist schon in Ordnung. Er ist wirklich ein sehr netter Kerl und macht die Arbeit, weil es sein Job ist, aber er ist glücklicherweise überhaupt kein Fanatiker. Eher ist er das Gegenteil davon. Er betont immer, dass er auf mich aufpasst und manchmal glaube ich ihm das sogar.“

Sie wurde ernst, die Krähenfüßchen um ihre Augen zogen sich zusammen und wie aus dem Nichts lag ein Hauch von Schmerz und Schwermut in der Luft, der die zuvor vorherrschende Lockerheit vertrieb. „Am Anfang war es noch nicht so wie jetzt. Da waren sie noch zu dritt und einer hat sogar im Haus geschlafen“, begann Sonja zu erzählen und er bemerkte, wie schwer es ihr fiel, darüber zu sprechen, und auch wie schwierig es für sie war, die richtigen oder überhaupt irgendwelche Worte zu finden. „Das war alles andere als angenehm. Das ständige Durchsuchen von allem ... Die Strafen und Schläge, wenn ich einmal zu spät aufgestanden bin oder nicht um Erlaubnis gefragt habe, bevor ich mir etwas zu essen oder trinken holte ... Bis hin zu den Demütigungen, wenn ich ihrer Ansicht nach zu lange unter der Dusche gestanden bin."

Sonja begann mit den Tränen zu kämpfen und erzählte nach einer kleinen Pause weiter: „Wenn ich so eine Freude daran habe, so lange nackt unter der Dusche zu stehen, kann ich doch gleich nackt herumlaufen, haben sie gesagt und mir die Kleidung weggenommen. Dann haben sie mich angestarrt und mir gesagt, dass ich zwar kein schöner Anblick sei, sie mich aber schon ficken würden, wenn ich es unbedingt nötig hätte. Es war so widerlich, eklig und demütigend und ich habe mehr als einmal überlegt, ob ich etwas sagen und mich wehren soll ... Es war doch ganz anders ausgemacht. Aber ich habe es nicht getan. Ich konnte einfach nicht ... Die Kinder waren noch jünger und ich wollte kein Risiko eingehen. Die paar Tage im Jahr, an denen ich sie sehen durfte, waren der Grund, warum ich nichts unternommen habe. 'Der Deal gilt für dich und nicht für deine Kinder', haben sie von Anfang an gesagt und ich habe einfach nicht gewusst, was mit ihnen passiert, wenn ich mich wehre oder etwas sage. Ich habe es einfach über mich ergehen lassen und es ertragen."

„Das ... Das tut mir wirklich leid, Sonja", war das Einzige, was er schockiert und mit stockender Stimme aus sich herausbrachte.

Sein Gesicht war bleich und er schaute schuldbewusst ins Nichts, denn in diesem Moment hätte er ihren Anblick und vor allem den Ausdruck in ihren Augen nicht ertragen.

„*Es war noch schlimmer, als das, was ich gehört habe. Nur weil ich ... Wegen mir ...*", quälte ihn dabei sein schlechtes Gewissen und erinnerte ihn daran, weshalb er es für so lange Zeit vermieden hatte, Kontakt zu Sonja aufzunehmen.

„Ich habe gedacht, ich habe dir damals schon deutlich genug gesagt, dass es das nicht muss", stellte Sonja klar. Sie bemerkte sofort, dass er sich selbst als die Ursache für ihr Leid sah.

Sonja legte eine Hand auf seine Schulter, lächelte freundlich und ließ ihre Stimme wärmer klingen. „Es wurde besser. Zuerst waren sie irgendwann nur noch zu zweit und ich hatte wenigstens in der Nacht das Haus für mich. Dann wurden sie ausgetauscht und die zwei Neuen verzichteten auf Strafen und Demütigungen. Und dann war nur noch Mohsen da, der seitdem hier bei mir lebt. Ich schätze ganz einfach, dass sie keine wirkliche Problematik mehr in mir sehen. Die Kinder sind jetzt groß und planen beide bald ins Ausland zu gehen. Das ist der Vorteil von Zwillingen, dass ich nicht warten muss, bis ein Jüngstes erwachsen wird. Sobald sie außer Gefahr sind, werde ich mich auch wieder richtig frei fühlen, davon bin ich überzeugt."

Er antwortete nicht und starrte weiterhin ins Nirgendwo, so als wäre er in einem gelähmten Körper gefangen. Er wusste ihre Worte waren dazu gedacht, ihn aufzumuntern, doch sie schienen entweder gar nicht bei ihm anzukommen oder keine Wirkung zu zeigen. Stattdessen kreisten seine Gedanken darum, was er damals tun hätte können oder eigentlich sogar tun hätte müssen, damit Sonja all diese schrecklichen und schmerzhaften Erfahrungen gar nicht erst über sich ergehen hätte lassen müssen.

„Es ist schon erstaunlich", sprach Sonja weiter, als sie bemerkte, dass er keine äußerliche Reaktion zeigte und fuhr seufzend fort: „Die Nacktheit ... Du weißt, ich hatte nie Probleme mit ihr. Weder bei anderen Menschen noch bei mir selbst. Wenn wir damals zusammen nackt in den See gesprungen sind und uns danach in die wärmende Sonne gelegt haben ... Es war wie Freiheit ... Ich habe mich so frei, rein und schön gefühlt. Voller Würde und so bemächtigt. Ich habe euch angesehen und in euch das Gleiche erkannt und eure Blicke haben mir verraten, dass ihr es auch so wahrgenommen habt. Im Gegensatz dazu dieser Moment, als sie mir die Kleidung weggenommen haben und ich gezwungen wurde nackt zu sein. Es war das genaue Gegenteil davon. Ich fühlte mich gefangen, schmutzig und beschämt. Wie ein wertloses, ohnmächtiges Stück Fleisch ohne eigenen Willen und ihre Blicke haben mir verraten, dass sie es genauso wahrgenommen haben. Freiheit und Gefangenschaft, Würde und Scham, so nah beieinander. Ein und dieselbe Sache, völlig konträr allein durch die Umstände und die Menschen, die einen dabei ansehen."

Seine Erstarrung löste sich unter dem Einfluss von Sonjas Aussage, in der Stolz und Schmerz so dicht aufeinander folgten, langsam auf. Er hatte vor Augen, als sie damals völlig unbekleidet aus dem See gestiegen war und ihn dabei angelacht hatte.

Sie war in ihrer vollkommenen Nacktheit bei Weitem nicht makellos gewesen und trotzdem hatte sie wunderschön ausgesehen. Die auf ihrem Körper perlenden Wassertropfen und das Licht der Sonne hatten ihr Übriges dazu beigetragen und den ein oder anderen Makel sogar ein wenig hervorgehoben. Das hatte sie jedoch einfach nur noch schöner gemacht. Er hatte damals keinerlei sexuelles Verlangen verspürt, obwohl es ihn durchaus erregt hatte, sondern sie lediglich angesehen, sich des Anblicks erfreut und mit ihr gemeinsam dieses schwer greifbare Gefühl genossen, sich jemandem zur

Gänze und ohne Verkleidung oder Maske zeigen zu können und dabei selbst mit allen Facetten akzeptiert zu werden.

Er bemerkte, wie der Gedanke daran, dass ihr jemand diese Würde und diese Eleganz, welche sie dabei ausgestrahlt hatte, geraubt und ins Gegenteil verkehrt hatte, etwas in ihm aufbrodeln ließ. Ebenso spürte er die Wehmut und die Scham, welche sie empfand als sie davon erzählte, weshalb er sie aufheitern und ihr gleichzeitig ein Stück ihres Stolzes zurückgeben wollte.

Er legte seine Hand mitfühlend und freundschaftlich auf ihr Knie, sah sie an und sagte plump: „Ich kann mich erinnern, dein Arsch hat damals schon gut ausgesehen."

Sofort mussten sie beide laut und unbekümmert loslachen und er bemerkte für einen Moment eine Vertrautheit und Verbindung zwischen ihnen, von der er schon fast vergessen hatte, dass sie jemals existiert hatte. Plötzlich stoppte Sonjas Lachen abrupt. Sie sprang auf und eilte zum Geländer der Veranda.

„Mohsen, da bist du ja! Und du auch Evey!", rief sie, als sich ein Mann der Veranda näherte. Hinter ihm folgte ein ausgelassen bellender Hund.

„Ja, ich habe Evey aus dem Wald geholt, sie muss sich vor irgendetwas erschreckt haben und ich wollte dich nicht bei deinen Übungen stören", keuchte der Mann, als er die Treppe zu der eigentlich nicht hoch liegenden Veranda hinaufstieg. Dass er ein wenig außer Atem war, lag wohl weniger am Erklimmen dieser wenigen Stufen, sondern mehr an der erfolgreichen Suche nach dem Hund.

„Das ist Mohsen", stellte ihm Sonja den Mann vor, der nicht den Eindruck eines klassischen Sicherheitsbeamten der Regierung machte. Er war leger gekleidet, hatte kurze ungekämmte Haare und ein etwas rundliches Gesicht. Seine Augen waren groß und lagen vielleicht ein bisschen weit auseinander, aber er machte einen freundlichen Eindruck und vor allem schien es zumindest für den Moment so, als würde er auf Augenhöhe mit Sonja sprechen. Allein die Tatsache, dass er sich um den Hund gekümmert hatte, sprach Bände, denn so etwas hätten, wenn überhaupt, nicht gerade viele von diesen Sicherheitsbeamten getan.

„Ich passe auf Sonja auf", wies Mohsen mit einem gewissen Hauch von Pflichtbewusstsein in seiner Stimme auf seine Aufgabe hin, bevor er ihm die Hand reichte. „Und auf den Hund natürlich auch."

„Ich sehe, das tust du", teilte er Mohsen seine ehrlich gemeinte Beobachtung mit.

„Ähm, ich hoffe Evey ist nicht wegen mir erschrocken", fügte er etwas kleinlaut und mit einem neuerlich schlechten Gewissen hinzu.

„Ja, das tut er wirklich", sagte Sonja mit hörbarer Dankbarkeit, während sie Mohsen auf den Rücken klopfte und dann ihn ansah. „Bist du mit dem neuen Fahrrad gekommen? Wir haben es noch nicht so lange und Evey ist es noch nicht gewöhnt, deshalb könnte es dieses Fahrrad gewesen sein."

„Ja, bin ich", gab er mit schuldbewussten Ton zu und schaute in Richtung der treuherzigen braunweißen Hündin, die nach wie vor etwas eingeschüchtert und trotzdem gutmütig dreinblickte. Er ging in die Hocke und kraulte das Tier am Hals.

„Das wollte ich nicht, Evey, seit wann bist du denn so eine Schreckhafte?", fragte er die Vierbeinerin.

Die Hündin schien die Entschuldigung anzunehmen, denn sie hob den Kopf, drehte ihn ein wenig zur Seite, um ihm zu zeigen, wo er noch kraulen sollte, und schloss anschließend die Augen, um die Zärtlichkeiten genießen zu können.

„Schon gut, es ist ja nichts passiert", war es Mohsen, der stellvertretend für Evey seine Entschuldigung annahm und darin sogar etwas Positives sah. „Ein bisschen Bewegung schadet uns beiden nicht und außerdem kannst du froh sein. Wärst du ein paar Wochen früher gekommen, hättest du mit dem kaputten alten Ding her radeln müssen, falls du es damit überhaupt so weit geschafft hättest."

„Mohsen", ergriff jetzt Sonja das Wort und führte wohl etwas im Schilde, wie der süßliche Ton in ihrer Stimme verriet. „Wie wäre es, wenn wir heute Abend Fisch essen? Das wäre doch lecker, oder?"

Mohsens Mundwinkel zogen sich augenblicklich nach oben und seine Augen begannen aufzuleuchten.

„Das tun wir. Ich gehe gleich los und angle uns welche aus dem See. Ach, ich liebe es einfach, zu angeln!", war der Sicherheitsbeamte voller Tatendrang und machte sich umgehend auf den Weg ins Innere der Hütte.

„Du bist der Beste!", war Sonjas begeisterte, wenn auch erwartbare Antwort darauf. „Und warte, ich begleite dich noch zur Tür, nicht, dass du etwas vergisst …"

„Ich bin gleich wieder da! Du kannst dich derweil mit Evey beschäftigen. Ihr habt euch bestimmt so einiges zu erzählen, denke ich", sagte Sonja noch zu ihm, bevor sie hinter Mohsen durch die geöffneten Schiebetüren nach innen trat.

Mit einer bejahenden Mimik nahm er Sonjas Worte zur Kenntnis und verabschiedete sich mit einem lauten „Hat mich gefreut" von Mohsen. Auf eine Antwort wartete er vergeblich.

„Der muss ziemlich aufgeregt sein wegen dem Angeln, wenn er auf einmal alles andere vergisst und sofort abdampft, sobald das Wort Fisch laut ausgesprochen wird", kam ihm die ganze Situation einigermaßen skurril vor.

Er schlenderte zurück zum Tisch und klopfte kurz auf seine Oberschenkel, nachdem er sich wieder auf die Bank gesetzt hatte. Im nächsten Moment sprang auch schon Evey herbei, legte ihren Kopf auf seinen Oberschenkeln ab und er begann sie am Kopf und hinter den Ohren zu kraulen.

„Du bist jedenfalls immer noch eine Genießerin", seufzte er ihr zu und beobachtete seine eigene Hand und ebenso die entspannte Reaktion der Hündin auf seine Bewegungen.

Er machte damit weiter, als er seinen Blick von dem Tier und seiner Hand nahm und diesen durch die Gegend wandern ließ. Auch hier im hinteren Bereich der Hütte war noch sehr vieles so, wie er es in Erinnerung hatte, selbst wenn einiges darauf hindeutete, dass die Hündin mittlerweile das Kommando an diesem Ort übernommen hatte. Auf dem Rasen lag Spielzeug von Evey herum und die Farbe des Wassers im Planschbecken unterhalb der Veranda ließ ebenfalls darauf schließen, dass hauptsächlich die Vierbeinerin darin badete und es keinem Menschen mehr zur kurzen Abkühlung diente.

Der Wald lag ein paar Meter weiter und einen Zaun suchte man auf dieser Seite der Hütte vergeblich. Dafür gab es einen schmalen Steinweg, der zu einem kleinen Teich führte, in dem Seerosen wuchsen und sogar ein paar Frösche lebten. Direkt daneben befand sich eine Vogeltränke sowie eine kleine Futterstation, die sowohl für Vögel als auch andere Wildtiere Nahrung bereithielt.

„Besser sie hüpft ins Planschbecken als in den Teich und die Tränke", fand er eine Erklärung für das schmutzige Wasser.

Neu war jedoch eine kleine Hundehütte, die wenig einladend aussah. Sie wirkte lieblos zusammengeschustert und das Dach war löchrig. Noch erschreckender als die Hundehütte selbst war allerdings, dass daneben ein Holzpflock in den Boden gerammt war, an dem eine viel zu kurze Eisenkette befestigt war. Er schluckte und bemerkte wie er, ohne es zu wollen, mit seinen Handbewegungen stoppte.

„Deshalb bist du auf einmal so schreckhaft. Dir haben sie auch etwas angetan", schluckte er erneut, als er sich in Erinnerung rief, wie aufgeweckt und mutig die Hündin schon als kleiner Welpe und auch später noch gewesen war. Einmal hatte sie es sogar geschafft, einen jungen Bären zu vertreiben, der der Futterstation zu nahegekommen war. Wie sie das genau gemacht hatte, wusste bis heute niemand und es hatte damals alle verwundert, doch irgendwie hatte sie es geschafft. Jetzt war sie für einen Hund schon alt, doch so viel von ihrem Charakter konnte sie eigentlich nicht eingebüßt haben.

„Wenigstens bringt es dir jetzt etwas, dass sie alle Bären abgeschossen haben und dich in dem Zustand keiner mehr aufschrecken kann", sagte er leise zu Evey, wurde dabei melancholisch und fühlte nicht zum ersten Mal an diesem Tag eine nagende Schuld in sich.

„Sogar dem armen Hund habe ich sein Leben kaputt gemacht", warf er sich gerade vor, als er etwas Kaltes an seiner Hand spürte, die mittlerweile auf seinem Oberschenkel ruhte.

Evey machte ihn mit einem Stupsen ihrer Schnauze darauf aufmerksam, dass er ihrer Meinung nach noch nicht mit den Streicheleinheiten fertig war. Nachdenklich, mit einem gequälten Lächeln im Gesicht und nicht zuletzt von einem schlechten Gewissen getrieben folgte er ihrer Aufforderung.

Als Sonja „gleich" wieder da war, waren bereits zwanzig Minuten vergangen. Sie hatte etwas mitgebracht, das sie in ihrer Hand hielt und ihm reichte.

„Das ist für dich", sagte sie. Als sie seine fragenden Blicke bemerkte lieferte sie die Erklärung dazu: „Das ist eine Handyhülle, die du die ganze Zeit auf dem Gerät lassen kannst. Damit ist das Gesprochene nicht zu hören, weil es von den Hüllen gefiltert und sozusagen für die Überwachungssysteme blockiert wird. Der Vorteil ist, dass die Hintergrundgeräusche trotzdem zu hören sind und deshalb Signale und Geräusche bei ihren Abhörgeräten ankommen. Das heißt, es besteht keine Gefahr, dass sie eine Warnung bekommen, weil seit längerer Zeit keine Audiosignale von deinem Gerät empfangen wurden, und so auf dich aufmerksam werden."

„Ähm, danke", war er verblüfft über dieses unverhoffte Geschenk und wusste gleichzeitig nicht, ob er der Sache trauen konnte.

„Und das funktioniert wirklich?", fragte er Sonja ein wenig misstrauisch.

„Ich hoffe es mal stark, hehe", lachte Sonja seine Bedenken einfach weg und versicherte ihm glaubhaft: „Sonst hätte ich, denke ich, ein gehöriges Problem! Ich benutze meine jetzt schon eine ganze Weile. Außerdem ist das nicht alles. Du kannst damit auch mit anderen Personen kommunizieren, die ebenfalls eine besitzen, ohne dabei ausspioniert werden zu können. Also beim Telefonieren und sogar beim Schreiben von Kurznachrichten geht das, weil die Verbindung irgendwie über die Hüllen hergestellt wird. Die haben ein eigenes Display. Das kannst du aktivieren und dann darauf tippen. Die Hüllen nutzen nur die Hardware der Handys, deswegen bekommen sie gar nicht mit, dass es überhaupt ein Telefonat gegeben hat oder eine Nachricht eingegangen ist. Du weißt doch, wie das läuft. Sie haben ihre Erfindungen und es wird immer jemanden geben, der sich das Gegenstück dazu ausdenkt."

Sonja schaute ihn immer wieder an und es schien so, als wollte sie prüfen, ob er ihr überhaupt folgen konnte. „In dem Fall war es sogar eine künstliche Intelligenz, die diese Hüllen entwickelt hat. Aber ich kann da nicht zu sehr ins Detail gehen, nur, dass es auch den entscheidenden Vorteil hat, dass diese Technik nur eine andere künstliche Intelligenz knacken könnte. Wenn das versucht werden sollte, bemerkt unsere das allerdings sofort und sendet, bevor sie die betroffene Hülle löscht, noch unverzüglich Warnungen an all die anderen Handyhüllen und informiert diese über den Vorfall. Zur Not würde sich die KI sogar zur Gänze selbst löschen und somit alle sich im Umlauf befindlichen Hüllen, falls es ihnen irgendwann gelingen sollte, der Funktionsweise der Software zu nahe zu kommen", beendete sie ihre Ausführungen über diese neue Technik und klang dabei sogar stolz.

„Spannend", war er einerseits beeindruckt. „Aber es geht doch mittlerweile nur noch darum, immer einen Schritt voraus zu sein, und mit diesen KI-Systemen wird alles immer schneller und unübersichtlicher", störte ihn andererseits allerdings auch etwas an Sonjas Erklärungen.

„Tja, das war doch schon immer so mit der Technik", schmunzelte Sonja und hatte eine andere Sichtweise parat. „Die einen entwickeln irgendetwas, das von Nutzen für das Militär ist, und die anderen brauchen etwas, um es abzuwehren, und zwischendurch finden irgendwelche Firmen heraus, dass mit bestimmten Teilen davon ein Haufen Geld zu verdienen ist. Und zu den KI-Systemen kannst du stehen, wie du willst, aber wenn die eine Seite welche hat, braucht die andere auch welche, wenn sie überleben und nicht völlig chancenlos sein will. Das ist im Prinzip wie bei deinen Fantasybüchern: Wenn die eine Seite einen Magier hat, braucht die andere auch einen, wenn sie nicht machtlos und ohne Chance sein will. In dem einen Buch ist es mit den Drachen doch genauso. Das mit den KI-Systemen ist dasselbe. Nur ist es halt real."

„Das hat ja mit den Atombomben schon so ausgezeichnet funktioniert. Vielleicht hat zur Abwechslung ganz einfach einmal niemand eine, weil es zu gefährlich ist", teilte er Sonja bereits etwas missmutig einen Gegenvorschlag mit. „Ich habe in genug Büchern gelesen, was passiert, wenn Magier oder Drachen auf einmal beschließen, ihre eigenen Interessen zu verfolgen."

„Das ginge natürlich auch", stimmte ihm Sonja zuerst zu, um ihm dann umgehend entgegenzuhalten, „nur wird es nicht so sein. Du kennst doch die Menschen. Es wird immer zumindest einen geben, der in seinem Größenwahn glaubt, alles kontrollieren zu können. Und selbst wenn es den zur Abwechslung mal nicht geben sollte, wird es jemand anderen geben, der in seiner Gier nach Geld und Macht bewusst in Kauf nimmt, dass früher oder später etwas Schreckliches passieren wird, obwohl es für ihn selbst ebenso den Untergang bedeutet. Wenn diese Person dann sogar noch davon ausgeht, dass sie zu dem Zeitpunkt, wenn das passiert, gar nicht mehr am Leben ist, dann ist es ihr ohnehin egal. Und wenn wir ehrlich sind, wissen wir beide, dass es mehr als genug Menschen gibt, die beides in sich vereinen."

Er reagierte nicht, denn Sonjas Aussagen führten ihm schlussendlich nur erneut vor Augen, weshalb man sowieso nichts mehr ändern konnte.

„Ihr Hochmut ist es, der die Menschen vergessen lässt, dass es neben ihnen noch andere Menschen gibt und es nach ihnen noch weitere geben wird. All diese anderen Menschen müssen mit den Konsequenzen ihres Handelns leben und ihnen ist es einfach egal, solange sie sich in der Illusion ihrer

Selbstüberschätzung suhlen können", benannte er für sich einen der Gründe für die für ihn so verstörenden Entwicklungen der modernen Welt.

„Das war beim Klimawandel so und jetzt wird es mit der künstlichen Intelligenz genauso sein", setzte Sonja ihre Ausführung fort, auf die sie erneut keine Reaktion von ihm erhielt. Deshalb redete sie einfach weiter: „Und der 'Umbruch' ... Er wird nichts weiter sein als die Zeit, in die diese Ereignisse gefallen sind und in der ein paar Menschen die Gunst der Stunde genutzt haben, um in ihrem Hochmut alles an sich zu reißen. Es ist doch schon fast ein Stück weit lustig, wie sie versuchen den 'Umbruch' zu erklären und auf ein bestimmtes Datum festzulegen. Dabei war es von Anfang an ein schleichender Prozess über Jahre hinweg und ich fürchte, er ist noch nicht abgeschlossen. Stück für Stück werden weiter Grenzen verschoben und was heute noch undenkbar ist, könnte schon morgen Realität sein. Falls es noch zu früh für bestimmte Vorgaben oder Vorgehensweisen sein sollte, werden die Pläne in die Schublade gepackt und die Grenzen so lange weiter verschoben, bis es möglich ist."

Sonja setzte ihren Monolog fort. „So war es doch auch mit den gewählten Amtszeiten. Zuerst hat es geheißen sechs Jahre statt fünf Jahre, dann neun Jahre statt sechs Jahre und jetzt sind es schon fünfzehn Jahre. Im Moment wird sogar schon über fünfundzwanzig Jahre diskutiert und das alles, ohne dass in der Zwischenzeit ein einziges Mal eine Wahl stattgefunden hätte ... Und warum? Weil niemand etwas sagt. Die Politik hat gesehen, dass das bei den großen reichen Verbänden funktioniert hat und die Funktionäre dort im Grunde tun und lassen konnten, was sie wollten. Wenn ich nur an die großen Sportverbände denke, die das vorgelebt haben ... Die Politiker haben es einfach abgekupfert. Vielleicht haben es die Menschen deswegen einfach so hingenommen, weil sie es von diesen Verbänden schon gewohnt waren. Naja, und vor ein paar Jahren wäre es trotz allem noch undenkbar gewesen, dass Menschen wie Sklaven in einem ..."

„Die Kuppel ...", unterbrach er Sonja und war fast ein wenig beeindruckt von ihrer eleganten Überleitung zu dem Thema, das er ansprechen wollte. „Du hast davon gehört und weißt, dass ich deshalb hier bin, oder?"

„Gewusst habe ich es bis jetzt nicht", lächelte Sonja, ohne dabei ihren Stolz zu verbergen. „Nur sehr stark vermutet und eins und eins zusammengezählt. Ich habe gehört, dass die Abteilung, in der du seit kurzem arbeitest, zur Stippvisite dort war und auf einmal stehst du vor meiner Yogamatte und möchtest mit mir reden."

Er grinste, obwohl er gar nicht wusste, ob ihm danach zu Mute war. Der Elan, mit dem Sonja ihren Monolog vorgetragen hatte, erinnerte ihn ein klein wenig an Aurora und er hatte Bedenken, dass auch Sonja dem Irrglauben unterliegen könnte, dass etwas dagegen unternommen werden müsste.

„Nach alldem, was geschehen ist, kann sie unmöglich noch so denken ...", waren ihm ihre beinahe kämpferisch klingenden Äußerungen ein Rätsel. *„Oder sie weiß es selbst und nutzt jetzt die Gunst der Stunde, um sich bei mir auskotzen zu können, wenn ich schon mal hier bin."*

„Was weißt du darüber?", bat er sie trocken um ihre Einschätzung, ohne auf all das bis jetzt von ihr Gesagte einzugehen. Falls Sonja demselben Irrglauben wie Aurora unterlag, wollte er vermeiden, diesen durch nicht durchdachte Fragen oder Äußerungen hervor zu kitzeln. Es verwunderte ihn nicht, dass Sonja wusste, für welche Abteilung er arbeitete, obwohl sie sich so lange nicht mehr gesehen hatten. Sie wusste einfach, wie man an solche Informationen kam, und bestens im Bilde war sie ohnehin seit jeher gewesen. Das war schlussendlich auch der Grund war, weshalb er überhaupt hier bei ihr auf der Veranda saß.

Was ihn dabei jedoch schon interessiert hätte, war, ob sie verfolgt hatte, wie es ihm ergangen war, nachdem sie den Kontakt verloren hatten, oder ob es der umgekehrte Weg gewesen war und sie hatte gar nicht ihn im Auge behalten, sondern den Staat und sein System mitsamt den dazugehörigen

Abteilungen. Und dabei war sie zufällig über seinen Namen gestolpert. Doch auch diese Frage verkniff er sich, denn er war nicht unbedingt erpicht darauf, den Grund, weshalb sie sich aus den Augen verloren hatten, zum Gesprächsthema werden zu lassen.

„So einiges ...", ließ Sonja durchblicken, dass er die richtige Person aufgesucht hatte. Bevor sie ihm eine Antwort gab, stand sie auf.

„Ich hole einen Aschenbecher. Den wirst du brauchen, wenn du immer noch diese eigentümliche Angewohnheit hast, bei allem, was dich innerlich berührt und dich eigentlich trifft, einfach so zu tun, als wäre es dir egal, und dafür eine Tschick nach der anderen zu rauchen", sagte sie zu ihm, bevor sie erneut ins Innere der Hütte verschwand.

„Danke ...", war seine einzige Antwort, während er wie auf Befehl begann sich eine Kippe zu drehen und genau damit fertig wurde, als Sonja mit dem Aschenbecher in der Hand zurück auf die Veranda kam.

Sie stellte diesen auf den Tisch und setzte sich wieder zu ihm. Evey hatte es sich inzwischen auf einer Decke unter dem Tisch gemütlich gemacht und wohl begriffen, dass die Streicheleinheiten vorerst beendet waren.

„Hier, die habe ich auch noch gefunden", hatte Sonja gleich noch zwei Flaschen Bier mitgebracht, öffnete diese an der Tischkante und reichte ihm eine davon.

„Ähm, ich bin im Dienst", reagierte er zunächst zurückhaltend und mehr regel- als pflichtbewusst, bevor er schnell ein „Ach, vergiss es" hinterherwarf, als er Sonjas überraschten sowie fast schon belustigten Gesichtsausdruck wahrnahm, den seine Antwort bei ihr ausgelöst hatte. Er griff nach der Flasche.

„*Das mit dem Nicht-zu-unvorsichtig-Werden wird schwierig, wenn ich wirklich etwas Neues erfahren möchte und sie weiß, wer ich früher war ...*", wurde ihm klar, während er an der Flasche nippte und an Sonjas Ansage in Bezug auf sein Laster dachte.

„*Aber so bin ich nicht mehr und nach dem heutigen Tag wird auch sie das verstanden haben*", verdeutlichte er sich in seinem Kopf nochmals, dass ihre gemeinsame Vergangenheit keine Rolle mehr spielte.

„Die Kuppel ...", begann Sonja über sein Anliegen zu sprechen und hatte als Erstes gleich eine Gegenfrage: „Was willst du denn genau wissen? Wenn du schon da bist, wirst du konkrete Fragen haben, schätze ich?"

„Tja", überlegte er kurz. „Die 'Bread and Butter Company' und 'Ein Sicheres Morgen'. Wie hängt das zusammen und was sind ihre Interessen und Ziele dahinter? Ich habe mir schon selbst Gedanken gemacht, aber wie ich dich kenne, kannst du das besser einordnen", entschloss er sich, zuerst die Fragen zu stellen, die nicht direkt die Pläne für das Leben der Menschen in der Kuppel betrafen.

„Kann ich das?", begann Sonja ihre Antwort erneut mit einer Gegenfrage. Gemeinsam mit ihrer ungläubigen Mimik machte es den Eindruck, als ob sie davon überzeugt war, dass er das selbst genauso gut beantworten könnte. Trotzdem begann sie auszuführen: „Ich kann es versuchen, nur ist es bis zu einem gewissen Grad reine Spekulation. Ich sehe ehrlich gesagt mehrere Möglichkeiten und bin mir sicher, dass du dir diese auch schon gedacht hast. Wir haben uns zwar lange nicht gesehen, aber deine Fähigkeit, Dinge einzuordnen und daraus oft die richtigen Schlüsse zu ziehen, wirst du noch besitzen. Egal. Ich gehe davon aus, dass es sicher irgendein Interesse gibt, das mit Geld zusammenhängt, und welches genau das ist, wird wohl erst mit der Zeit klarer werden. Meine Quellen können mir da leider nichts dazu sagen. Beziehungsweise hoffe ich eher, dass sie mir - noch - nichts sagen können. Fakt ist jedenfalls, dass man nicht um den Namen Scheinschmid und seine persönliche Rolle darin herumkommt, wenn es um seine Firmen und

Vereine geht. Vor allem wenn es sich zusätzlich auch noch um ein Projekt der Regierung handelt."

Sonja wurde nachdenklich und pausierte einen Moment lang, bevor ihre Stimme leiser und langsamer wurde. „Jetzt sitzen wir beide hier und reden über diese Kuppel, diese Firmen, ihn und seine Beziehungen zur Regierung. Ist es das, was gemeinhin als das Schließen eines Kreises bezeichnet wird? Immerhin würden wir ohne …"

„Ich bin nicht hier, um über den Zusammenhang von Vergangenheit, Gegenwart und Zukunft zu philosophieren", wurde er deutlich und vielleicht sogar schon forsch, als er sie unterbrach. „Ich möchte verstehen, worum es bei dieser Kuppel geht. Unsere gemeinsame Geschichte müssen wir nicht unbedingt durchkauen", stellte er im selben Ton klar.

„Schon gut", gab sich Sonja versöhnlich und wurde vorsichtiger. „Aber vielleicht tun wir das ja doch noch ein anderes Mal. Ich denke nur, irgendwann sollten wir …" Sie stoppte mitten im Satz und lenkte ein. „Egal, lass uns im Hier und Jetzt bleiben. Ich gehe davon aus, dass wir mit dem alleine genug Gesprächsstoff haben."

Er war froh, dass Sonja wieder von selbst den Fokus gefunden hatte und er diesbezüglich kein zweites Mal intervenieren musste. Während er für einen kurzen Moment überlegte, was sie wohl dazu bewogen hatte, fiel ihm auf, dass seine Hand, die neben der Flasche auf dem Tisch ruhte, sich zur Faust geformt hatte, ohne dass er es selbst bemerkt hatte. Verwunderlich war es aber nicht, denn der Name Scheinschmid war Auslöser genug.

Dieser Name war zweifellos mit dem 'Umbruch' und all seinen Auswüchsen verbunden und immer wieder geisterte er durch die Medien. Noch bevor die Regierung die Wahl gewonnen hatte, hatte Scheinschmid sie großzügig mit Geld unterstützt und ständig kam es zu Wechseln zwischen politischen Ämtern zu Posten in Scheinschmids Firmen und umgekehrt. Auch wenn es stets von allen Seiten dementiert wurde, konnte eine gewisse Verbindung schon alleine deswegen nicht geleugnet werden.

Scheinschmids alljährlichen Weihnachtsessen waren ein gesellschaftliches Stelldichein, bei dem sich neben Politikern und Unternehmern auch gerne Künstler und Social-Media-Stars blicken ließen. Es gab sogar Stimmen, die behaupteten, dass Scheinschmid noch mehr Macht besaß, als ohnehin schon angenommen wurde, und die Regierung nur daran interessiert wäre, ihn zufrieden zu stellen.

Zumindest gab es diese Stimmen früher. Mittlerweile waren sie eigentlich zur Gänze verstummt. Zuvor waren diese bereits immer weniger und auch leiser geworden. Wie groß Scheinschmids Macht tatsächlich war, konnte man nicht nur deshalb

schwer einschätzen. Zweifelsohne besaß er jedenfalls eine gewisse Menge, die nicht so klein sein
konnte. Er selbst hatte das vor ein paar Jahren aus
nächster Nähe mitbekommen, obwohl er sich bis
heute wünschte, dass dem nicht so gewesen wäre.

„Der Zusammenhang zwischen Scheinschmid und
der Kuppel", begann Sonja nun ihre Ausführungen
zu seinen Fragen und versicherte sich per Blick-
kontakt, dass er ihr zuhörte und ihr seine Aufmerksamkeit schenkte, „ist klarerweise einmal der über
seine Firma und den Verein, der das Projekt um-
setzt. Da gibt es genügend Möglichkeiten, Geld zu
verdienen, selbst wenn ESM ein gemeinnütziger
Verein ist. Die Einzelheiten, wie Geld oder Waren
hin und her geschoben werden könnten, spare ich
mir, weil du dir, was das betrifft, vermutlich selbst
so einiges zusammenreimen kannst. Meiner Erfahrung nach gibt es unzählige Möglichkeiten, wie das
vonstattengehen könnte. Ein Sicheres Morgen ...
Was für ein verlogener und zugleich grauslicher
Name für das, was er tut", echauffierte sich Sonja
und verzog angewidert ihren Mund. „Die Regierung
schaut weg, weil es ihnen auch etwas bringt, wenn
sich dadurch großzügige Spenden und gutbezahlte
Jobs ausgehen. Das ist nichts Neues und das hat
es in unterschiedlichsten Formen schon immer gegeben. Der Unterschied zu früher ist, dass es früher
ein gehöriges Problem war, wenn sie dabei erwischt
wurden ... Und jetzt geben sie sich nicht einmal
mehr sonderlich Mühe, es zu verstecken."

Sonjas angewiderter Gesichtsausdruck schien sich durch ihre weiteren Ausführungen nicht zu verändern und es machte den Eindruck, als ob das weiterhin so bleiben würde. „Auf alle Fälle werden diese Verflechtungen alleine schon einiges an Geld abwerfen, aber es wird gemunkelt, dass Scheinschmid nicht deshalb so scharf darauf war, sondern noch irgendetwas anderes dahintersteckt. Er soll sehr an der Technik in der Kuppel und der Forschung, die dort stattfindet, interessiert sein und da ist es natürlich ein großer Vorteil für ihn, wenn er direkt die Hand darauf hat. Wie gesagt, weiß ich noch nichts Genaues, aber wenn dabei Technik und Forschung im Spiel sind, könnte das vieles sein, um was es ihm dabei geht. Es könnte sogar etwas jetzt noch Undenkbares sein. Wie experimentierfreudig er bei so etwas ist und wozu er im Stande ist, haben wir ja leider schon mitbekommen, wenn er sogar ...“

„Und wie viel Skrupel ein Mann hat, der durch ein selbst erschaffenes Monopol auf Lebensmittel reich geworden ist und wie er selbst einmal gesagt hat 'kein Problem damit hätte, Menschen verhungern zu lassen, bis sie die richtige Partei wählen' kann man sich denken“, unterbrach er mit leeren Augen Sonjas Ausführungen, ohne dabei auf ihren letzten Satz einzugehen.

„Ja, vor allem die eigenen Bürger“, bestätigte ihn Sonja in seiner Einschätzung und führte seine

Gedanken weiter aus, ohne dabei an ihre nicht fertig ausgesprochenen Worte anzuschließen. „Menschen in anderen Ländern verhungern zu lassen war ja schon davor Standard und durch die teureren Preise war es den Bürgern nicht einmal mehr möglich, diese Problematik durch Spenden abzufedern."

Sie schaute in Richtung Wald und ihr Blick schien in die Ferne abzuschweifen. „Als ich jung war, habe ich immer gedacht, für solche Hilfen und zur Abfederung von Leid hier im Land oder auch ganz woanders auf der Welt zahlt man Steuern – egal", bremste sie sich selbst ein, um den Faden nicht noch mehr zu verlieren, und sah wieder ihn an. „Auf alle Fälle hoffe ich, in nächster Zeit mehr zu erfahren. Doch das wird wohl erst passieren, wenn in der Kuppel schon alles läuft. Von staatlicher Seite sind sie froh, dass die Umsetzung Scheinschmid und ESM übernommen haben. Erstens denken sie, dass sie dadurch etwas bei ihm guthaben, weil sie wissen, wie unbedingt er dieses Projekt haben wollte, und zweitens übernimmt er für sie viel von der Aufgabe, es so wirken zu lassen, als wäre es ein höchstgradig soziales Projekt", erklärte Sonja nun nüchterner. Dieser Ton hielt an. „Die Regierung muss sich dadurch nicht selbst um das Sauberwaschen des Projekts kümmern und sich nicht einmal die Mühe machen, ihre eigene Propagandamaschinerie anzuwerfen. Bei solchen Fragen haben Geschäftsmänner mit großen Firmen einfach das größte Wissen und auch die Möglichkeiten, selbst wenn es zur Gänze gelogen ist. Wahrscheinlich wird das bei seinem nächsten Weihnachtssessen ganz groß thematisiert werden und die anwesenden Social-Media-Stars tragen es dann innerhalb von kürzester Zeit in die Welt hinaus."

Die Nüchternheit in Sonjas Stimme verflog. Plötzlich musste sie lachen, trotzdem schwang ein Hauch von Zynismus mit. „Hehe, wer weiß, vielleicht erfindet er sogar irgendeine Auszeichnung für Humanität und Soziales und dann überreicht er sie an sein eigenes Projekt. Das wäre ihm zuzutrauen. Die vorhin von dir erwähnten Aussage hat er nach der Wahl ja auch einfach beiseitegeschoben und als übertriebenen Scherz abgetan und als Beweis dafür einmal öffentlichkeitswirksam Lebensmittel an der Opposition nahestehende Organisationen gespendet. Alle haben applaudiert und ihm geglaubt und heute gibt es diese Organisationen gar nicht mehr, weil die Finanzierungen eingestellt oder blockiert wurden."

An die von Sonja geschilderten Geschehnisse konnte er sich erinnern. Es war ein Vorgehen, das bereits zuvor Schule gemacht hatte. Höchst bedenkliche Aussagen wurden einfach in die Welt geschleudert und danach bei Widerstand behauptet, es sei nur ein Witz oder überspitzt formuliert gewesen. Falls beides nicht weiterhalf, regte man sich einfach darüber auf, dass man heutzutage „gar nichts mehr sagen dürfte" und drehte somit den Spieß um. Als diese Methoden die ersten Male eingesetzt wurden, wurden sie noch belächelt. Doch es funktionierte, und beim nächsten Mal, wenn es dann ernst gemeint war, gab es keinen Widerstand mehr. Schritt für Schritt wurden so rote Linien versetzt und Grenzen verschoben.

Da ihn die Gedanken daran eher negativ stimmten, dachte er an Sonjas ersten Satz mit der Auszeichnung, der im ersten Moment recht skurril klang, weshalb er ebenfalls kurz darüber lachen musste. Dieses verging ihm gleich wieder, denn die Vorstellung, dass in so einem Fall die Eltern den Preis entgegennehmen könnten, ließ ihn erschaudern.

„Ich will nicht wissen, was die mit so einem Preis alles anstellen würden", ging es ihm durch den Kopf. Schnell schüttelte er die Vorstellungen ab und fragte etwas ganz anderes, was ihn nach Sonjas vorigen Ausführungen doch sehr interessierte: „Wenn ich so unverblümt fragen darf ... Wer sind überhaupt deine Quellen, Sonja?"

„Das darfst du", ging Sonja zu seiner Überraschung sehr offen mit dieser heiklen Frage um. Ohne Umschweife klärte sie ihn darüber auf: „Ich habe zwei. Eine Person, die in der Kuppel lebt und von der ich leider selbst nicht genau weiß, wer sie ist. Ich hatte seit geraumer Zeit keinen Kontakt mehr zu ihm, was mich ehrlich gesagt ein wenig besorgt. Ich habe mich schon gefragt, ob sie herausgefunden haben könnten, dass er Kontakt nach außen hatte. Das wäre alles andere als gut, aber er hat nicht gewusst, wer ich bin, also mache ich mir über die Auswirkungen auf mich persönlich keine Sorgen, falls es wirklich aufgeflogen ist. Für ihn würde es mir allerdings schon sehr leidtun."

„Das ist ziemlich mutig", gab er Sonja zuerst zu verstehen. „Und eigentlich ein bisschen fahrlässig", ließ er wie bereits zuvor für seine Verhältnisse recht unverblümte Worte folgen.

Sonja lächelte und war anderer Meinung. „Keine Sorge, das ist es nicht. Noch nicht. Ich habe dir doch gesagt, meine Kinder sind bald im Ausland und ehrlich gesagt kribbelt es schon ein bisschen in mir. Bis sie weg sind, halte ich die Füße still, aber was danach ist, weiß ich noch nicht ..."

Das erwähnte Kribbeln konnte man ihr förmlich ansehen, denn es kam in einer Verschmitztheit zum Ausdruck. „Zumindest zu versuchen noch einmal einen Protest zu organisieren oder sich etwas zu überlegen, wie man zeigen kann, dass nicht alle Menschen mit dem 'Umbruch' und den Entwicklungen einverstanden sind, würde mich schon reizen. Ich weiß, schon vor dem 'Umbruch' haben Parteien und Politiker für sich reklamiert, für diese ominöse schweigende Mehrheit zu sprechen und behauptet sogar für diese einzutreten und dabei vorgeschrieben, was normal ist und was nicht. So wie sie es heute auch noch tun ...“

Von der Verschmitztheit war plötzlich nichts mehr zu sehen. „Du kennst mich, das würde ich mir niemals anmaßen. Weißt du, es ist wie früher. Ich möchte den Schweigenden lediglich zeigen, dass sie selbst auch eine Stimme haben und es in Ordnung ist, wenn sie diese benutzen. Ich habe keine Ahnung, ob diese Schweigenden tatsächlich eine Mehrheit sind oder nicht ... Vor allem aber möchte ich nicht über sie sprechen und ihnen dabei diktieren, was normal ist und was nicht.“

Sonja konnte nicht mehr aufhören. Ihre Stimme wurde zunehmend eindringlicher und mit jedem weiteren Satz enthusiastischer. „Verstehst du? Ich möchte nicht für sie sprechen, ich möchte, dass sie für sich selbst sprechen können! Sie müssen das nicht einmal sonderlich laut tun. Wenn alle, die im Moment noch schweigen, nur ein bisschen flüstern, dann wird man vernehmen, wie laut es sein könnte, wenn sie stattdessen schreien würden. Ich glaube fest daran, dass sogar das Flüstern schon so laut sein würde, dass es nicht einfach überhört werden könnte ... Das wäre auch für den armen Kerl in der Kuppel, zu dem so plötzlich der Kontakt abgebrochen ist. Weißt du, nicht ich habe irgendeinen Kontakt gesucht, sondern das ist von ihm ausgegangen. Allein für ihn müsste man etwas versuchen, damit es nicht umsonst für ihn gewesen ist, wenn sie ihn wirklich erwischt haben sollten." Sonja pausierte und schien kurz zu überlegen.

„... Also was sagst du? Bist du dabei?", fragte sie ihn schließlich geradewegs heraus.

Er schaute sie entgeistert an und wusste nicht, ob das an ihrer letzten unverhohlenen Frage lag oder an der Tatsache, dass sie ihm gerade von einem anstehenden Selbstmordkommando erzählt hatte.

„Sonja, sei mir nicht böse", startete er den Versuch, ihr das Ganze auszureden, und versuchte dabei ähnlich eindringlich zu klingen, wie sie es getan hatte. „Aber das ist Wahnsinn. Mal abgesehen davon, dass die Menschen einen Grund haben, warum sie schweigen. Du stehst noch unter Beobachtung! Selbst wenn die ganzen technischen Überwachungskomponenten hier nichts nützen, aber es lebt ein Mann hier bei dir am Grundstück, der bezahlt wird, um dich zu überwachen. Und wenn deine Kinder weg sind, wird das dem Staatsapparat selbst auffallen und sie werden die Überwachung verstärken."

„Du kannst auch einfach nein sagen, wenn es dich nicht interessiert", erwiderte Sonja mit schelmischem Tonfall und zwinkerte ihm dabei verstohlen zu. „Ich weiß, es wäre gewagt, und ich weiß doch noch nicht einmal, ob ich es wirklich versuchen werde, aber allein der Gedanke daran, vielleicht doch noch etwas verändern zu können, lässt so ein kleines Feuer in mir aufflackern. Irgendwer muss den Anfang machen und den Menschen zeigen, dass es keinen Grund gibt, seine Stimme nicht zu benutzen. Vielleicht irre ich mich und es sind gar nicht so viele, wie ich denke oder hoffe, aber selbst wenn das so ist, haben diese es verdient zu sehen und zu bemerken, dass sie nicht alleine sind. Wenn man nicht alleine ist, braucht man keine Angst mehr zu haben. Und das möchte ich ihnen zeigen, weil ich an sie glaube. Wenn es am Ende nur fünf Leute sind und nicht fünfzigtausend, ist das auch in Ordnung und diese fünf haben es genauso ver- dient", klärte sie ihn über ihre nicht unbedingt spruchreifen Pläne dazu auf.

Trotzdem hörte Sonja auch seine Einwände. „Aber du hast recht, es wird viel davon abhängen, wie die höheren Gewalten im Regierungsapparat reagieren, wenn die Zwillinge weg sind. Ich hoffe, dass sie es mir einfach nicht mehr zutrauen. Ach ja übrigens, was das betrifft, habe ich erstens einen Fürspre- cher, der ihnen eventuell genau dieses Gefühl ver- mitteln kann, und zweitens ist das gleichzeitig je- mand, von dem ich dann erfahren werde, was ihre Pläne mit mir sind ... Mohsen, er ist meine zweite Quelle."

„Wie bitte?", konnte er nicht glauben, was sie ihm jetzt so plötzlich und fast schon nebenbei erzählte, weshalb er gar nicht mehr auf Sonjas vorige

Ausführungen einging. Diese tat er ohnehin als Hirngespinste ab.

„Wie ist denn das bitte zustande gekommen?", wollte er lieber von ihr wissen.

„Mohsen ist ein guter Mann", lächelte Sonja. „Wie ich dir schon gesagt habe, macht er den Job, weil es ein Job ist, aber er hat sein Herz am rechten Fleck. Ich glaube, in der Zeit, seitdem er hier bei mir ist und nicht von Leuten umgeben, die ständig nur laut und grob sind, Angst schüren vor diesem oder jenem und ihre Vorstellungen mit Einschüchterung und Gewalt durchsetzen, hat er bemerkt, dass auch ein anderer Umgang miteinander möglich ist. Und ich glaube, er mag mich einfach. Versteh mich nicht falsch, wir sind kein Liebespaar oder so, sondern ... Naja, wie gesagt, er mag mich einfach."

„Eigentlich hätte mich das nicht so überraschen sollen." Es war weniger die Erklärung, die ihn diesen Schluss ziehen ließ, sondern mehr war es Sonja selbst und die Erinnerung an ihre gemeinsame Zeit.

„Du hast es irgendwie schon immer geschafft, Menschen zu überzeugen", lächelte er sie an, als ihm einfiel, wie Sonja schon früher Stunden damit verbracht hatte, mit zum Teil wildfremden Menschen zu diskutieren und sich auszutauschen.

„Das Wichtigste ist es, ehrlich zuzuhören und das Gegenüber ernst zu nehmen, dann wird es das auch mit dir tun", hatte sie ihm damals einen Teil ihres Erfolgsrezepts verraten. Seiner Meinung nach lag das Geheimnis aber gar nicht so sehr daran. Mehr war es das, dass es Sonja seit jeher geschafft hatte, ihren ehrlichen Glauben an die Menschheit und Humanität zu vermitteln. Der Grundgedanke dahinter war nichts weiter, als dass es ein jeder Mensch verdient hätte, ein schönes Leben führen zu können.

Der Punkt, bei dem sie die Menschen stets zu überzeugen versuchte und es erstaunlich oft schaffte war jener, dass so ein schönes Leben für einen selbst auch möglich war, ohne dass es dafür anderen Menschen schlecht gehen musste. Es war im Grunde die Gegenthese zu dem, was in der Kuppel vermittelt werden sollte. Wenn man dort einen Platz in der weißen Villa oder einem Bauernhaus ergattern wollte, hieß das gleichzeitig, dass man dafür sorgen musste, dass andere in den Holzschuppen landeten.

„Warum sollte es nur wenige Plätze an der Sonne geben, wenn es doch in der Natur ihres Wesens liegt, für alle Menschen zu scheinen?", war eine der Fragen gewesen, mit denen Sonja die Leute stets zum Nachdenken gebracht hatte. Anderen Kräften der Gesellschaft wiederum, war das ein Dorn im Auge gewesen.

„Tja", reagierte Sonja sichtlich geschmeichelt auf seine Aussage. „Ich hoffe, du denkst noch öfters an diesen Satz. Außerdem ist Mohsen genauso wie der Mann in der Kuppel von sich aus mit Informationen zu mir gekommen."

Sie kicherte kurz. „Der See ... Er soll als Regenwasser für die Kuppel herhalten und Mohsen, naja, wie du bereits mitbekommen hast, liebt er es, zu angeln. Vielleicht ist das auch der Grund, so simpel er klingen mag. Es wäre echt hart für ihn, wenn er das nicht mehr tun könnte."

„Wie die Welt wohl aussehen würde, wenn die früheren Generationen es auch geliebt hätten, zu angeln ... Dann hätten sie vielleicht darauf geachtet und dafür gesorgt, dass es weiterhin Fische in den Meeren, Flüssen und Seen gibt und nicht diejenigen kriminalisiert und eingesperrt, die sie darauf hingewiesen haben, dass es nicht das Klügste ist, komplette Fischbestände mit Netzen auszulöschen. Aber das war mit den fossilen Brennstoffen dasselbe und heute fahren sie zum Teil immer noch in ihren Benzinautos herum, obwohl es gar nicht mehr nötig ist. Naja wenigstens können sie heute behaupten, dass es jetzt sowieso schon zu spät ist", machte sich der Gedanke an Mohsens doch etwas ungewöhnliches Hobby sogleich in seinem Kopf selbständig.

Früher war Angeln oder Fischen eine vielfach praktizierte Freizeitbeschäftigung gewesen, wie er aus

Dokumentationen wusste. In eben diesen hatte er auch gehört, dass es sogar Angler gegeben haben soll, die die Fische gar nicht zum Verzehr gefangen hatten, sondern diese nach dem erfolgreichen An-Land-Ziehen wieder zurück in die Freiheit entließen. Das war aber scheinbar eine Minderheit gewesen, denn heutzutage gab es kaum mehr Personen, die dieses Hobby verfolgen konnten, selbst wenn sie es gewollt hätten. Es fehlte ganz einfach an Fischen und Gewässern und wie Sonja angemerkt hatte, war die letzte Möglichkeit hier in der Gegend, in der das noch möglich war, auch kurz davor, von der Bildfläche zu verschwinden.

Als er an dem See vorbei geradelt war, hatte er bereits die Vermutung gehabt, dass es sich bei diesem um den von den Eltern erwähnten Wasserspeicher für die Kuppel handeln könnte, denn seiner Einschätzung nach war der See einer der nächsten zu der Kuppel und die anderen, die für ihn auch in Frage gekommen wären, waren ein Stück kleiner. Auch wenn er sowohl bei der Hin- als auch bei Rückfahrt Augenbinden getragen hatte, war ihm mittlerweile klar, dass der Weg zur Kuppel über die neu angelegte Straße führen musste, die unter anderem einen Tunnel durch den Berg, der hinter dem See thronte, beinhaltete.

„Die Fische, die sie essen wollen, züchten sie in den Becken ihrer Keller, genauso, wie es die großen Anbieter am Fischmarkt tun. Also haben die in der

freien Natur keinen Nutzen für sie und der See bringt ihnen nur als Bewässerungsanlage etwas ... Ob das Mohsen nun gefällt oder nicht", dachte er nochmal an den so gütig wirkenden Sicherheitsbeamten an Sonjas Seite und schätzte ihn als einen von diesen Anglern ein, die einen Fisch zurück in das Wasser entließen, wenn dieser noch zu klein war und somit noch einige Zeit zu leben vor sich hatte.

„Es freut mich wirklich, dass du hier nicht ganz alleine bist", ließ er Sonja wissen, als er bemerkte, dass sie wohl auf eine Reaktion von ihm wartete und nicht wissen konnte, dass er mit seinen Gedanken für einen Moment ganz woanders gewesen war.

„Und ich habe ja noch Evey", stellte Sonja klar, dass sie das auch dann nicht wäre, wenn Mohsen nicht hier wäre. Es machte fast den Eindruck, als wollte sie die von ihm getätigte Anmerkung nicht weiter vertiefen. „War es das schon mit deinen Fragen?"

„Eine konkrete hätte ich noch ...", sagte er und hielt gleich fest: „Aber ich weiß nicht, ob du sie mir beantworten kannst. Meine Chefin hat heute eine Akte gesucht, die in einem verschlossenen Schrank war, und gemeint, sie müsse diese dann sofort irgendwo abliefern. Es muss irgendetwas mit der Kuppel zu tun haben, das hat sie durchklingen lassen. Als ich sie gefragt habe, was sie sucht, hat sie mir nichts gesagt und sehr gereizt reagiert, wobei das nichts heißen muss. Vielleicht weißt du ja, um was es sich da handeln könnte?"

„Das nenne ich einmal eine Frage ...", war Sonja sofort anzumerken, dass sie keine richtige Antwort darauf geben konnte. „Also wissen tue ich da gar nichts, da müsste ich raten."

„Ich habe kurz daran gedacht, ob sie fälschlicherweise irgendetwas bei uns archiviert haben, das eigentlich an einen anderen Standort gehört hätte", äußerte er eine seiner ersten Vermutungen. „Kannst du dir das vorstellen? Oder auf was würdest du tippen, wenn du müsstest? Bei uns ist doch praktisch alles digitalisiert. Ich tappe da echt ordentlich im Dunkeln."

„Hmm, falsch archiviert?", überlegte Sonja laut. „Das glaube ich irgendwie nicht, weil sie, was Akten angeht, schon sehr penibel darauf achten, dass alles an den dafür vorgesehenen Platz kommt. Wenn es konkret um etwas für die Kuppel geht, kann ich mir schon vorstellen, dass sie es nur analog aufbewahren. Das ist alles noch recht geheim und analoge Aufzeichnungen sind sicherer und schwerer zu vervielfältigen. Wie schnell Sachen digital gelöscht werden können und dann einfach aus der Welt sind, weißt du ja selbst am besten. Es ist halt ein bisschen blöd, wenn mit der ganzen digitalen

Bürgerakte gleich auch der Führerschein mit verschwindet, oder?"

„Jaja, ich weiß, das war eine unbedachte Aussage, sorry", entschuldigte sich Sonja sogleich, nachdem sie seinen genervten und fast schon vorwurfsvollen Blick wegen dieser Anspielung wahrgenommen hatte. „Wenn ich raten müsste, würde ich sagen, es geht um irgendetwas, das sowohl für eure Abteilung als auch die Kuppel relevant ist. Um was ist es denn gegangen, als ihr dort wart?"

„Sie waren ganz scharf auf die Lebenslaufprognosen und wollten eigens angepasste für dort", klärte er Sonja über das auf, was für die Eltern in der Zusammenarbeit mit seiner Abteilung im Vordergrund zu stehen schien. „Aber die hätten wir doch auch digital."

„Das könnte es schon sein", wusste Sonja auch nicht so richtig, wie sie es einschätzen sollte.

„Aber vielleicht fragst du da nochmal in deiner eigenen Abteilung nach. Wenn du hartnäckig bleibst, erfährst du vielleicht etwas. Es ist doch schon sehr spekulativ, was wir hier betreiben. Ich hätte zuerst schon fast gedacht, es handelt sich um eine Person. Meistens sind Akten in dem Bereich, die so aufbewahrt werden, Personenakten von Menschen, die sie aus irgendeinem Grund von klein auf dem Zettel haben. Vielleicht sind sie schon beim Auswählen, wer dort hinkommen soll, aber das wäre auch eher digital", hatte sie einen Vorschlag für ihn parat.

„Mina", schoss es ihm plötzlich durch den Kopf. *„Könnte das etwa Minas Akte sein?"*, schien ihm dieser Gedanke nicht unlogisch, denn bis auf ihren Namen und ihr Alter wusste er nach wie vor nichts von der Geschichte des Mädchens und selbst Jonathan hatte ihm damals nicht mehr zu ihr sagen können.

Allerdings war er der Meinung, dass Sonja zumindest für den Moment nichts von ihr wissen musste. Wenn sie bereits über ihre eigenen Informanten von Mina erfahren hatte, würde sie es von sich aus erzählen. Dessen war er sich mittlerweile sicher.

„Früher oder später werde ich es schon herausfinden", sagte er zu Sonja und versuchte sich nicht anmerken zu lassen, dass er einen konkreten Verdacht in Bezug auf die Akte hatte, obwohl es ihn innerlich gehörig erzittern ließ. Am liebsten hätte er sich sofort eine Zigarette angezündet, aber da er davon ausging, dass ihn das verraten könnte, sah er trotz des Drangs davon ab.

„Erzähl einfach mal, was du so allgemein über die Kuppel weißt und wie du es einschätzt", forderte er Sonja auf und war gespannt, ob dabei ein kleines Mädchen zur Sprache kommen würde.

Sonja nahm diese Aufforderung, ohne zu zögern, an und begann mit einer langen und detaillierten Ausführung. Es machte sogar den Eindruck, dass sie es zu genießen schien, nun wieder viel mehr einen Monolog als einen Dialog führen zu dürfen. Es wurde schnell ersichtlich, dass sie mehr als nur gut informiert war, allerdings waren es bis auf das ein oder andere Wort, welches sie wohl ganz bewusst anders wählte, als es die Eltern getan hatten, und so manchen zusätzlichen Einschätzungen ihrerseits, dieselben Informationen, die er schon kannte. Mina oder auch nur ein Mädchen oder Kind erwähnte sie darin mit keinem Wort.

„Bis jetzt war noch nichts Neues dabei ...", unterbrach er sie, als sie ihm gerade von dem Sicherheitszentrum erzählte und dabei ergänzte, dass dieses unter anderem dazu da sei, um die dort bereits ausgebildeten Sicherheitsleute direkt nach dem Verlassen der Kuppel in den öffentlichen Sicherheitsdienst zu transferieren. Sonja schien ziemlich erbost darüber zu sein, dass er sie genau an dieser Stelle unterbrach und ließ ihrem Unmut darüber freien Lauf, als sie die Konsequenzen ihrer Einschätzung vehement und sogar etwas lautstark darlegte.

„Ist dir überhaupt klar, was das bedeutet?!?", wurde sie geradezu verzweifelt flehentlich. „Wenn sie beschließen, dass es eine gute Idee ist, da drinnen alle möglichen Szenarien zu üben. Die

Bandbreite kann dabei von Proteste niederschlagen bis hin zu wie jemand behandelt wird, wenn er sich nicht an die Regeln hält, reichen. Ich will mir gar nicht vorstellen, was da alles möglich sein könnte. Es wird dann keine Mohsens mehr geben, sondern nur noch solche wie die Typen, die vorher hier bei mir waren! Schau dir doch nur Evey an!"

Sie deutete zu dem Holzpflock mit der Eisenkette und der löchrigen Hundehütte die danebenstand, während ihre Stimme zu beben begann. „Nicht einmal vor ihr haben sie Halt gemacht! Sie haben sie so lange gequält, bis sie begonnen hat, bei jedem kleinen Geräusch in Panik zu verfallen, durchzudrehen und wegzulaufen!"

„Sie hat hautnah miterlebt, zu was sie im Stande sind und was es mit einem macht. Sie möchte nicht, dass das anderen passiert oder es noch schlimmer wird, selbst wenn es sie nicht mehr selbst betrifft. Deshalb zuvor auch dieses Gerede über Stimme erheben, Protest und vielleicht sogar Widerstand", wurde ihm in diesem Moment einiges klar. Wie automatisiert steckte er sich eine Kippe in den Mund, zündete sie an und nahm einen tiefen Zug.

„Es tut mir wirklich leid, Sonja …", ließ er sie jetzt ehrlich und mit fast zitternder Stimme wissen, obwohl er äußerlich ruhig wirkte. Er reichte ihr die angezündete Zigarette.

„Ich kann dich verstehen …", ergänzte er mit gesenktem Kopf.

„Schon gut", wurde Sonja sogleich ruhiger, nahm die Zigarette entgegen und zog selbst einmal daran.

„Es tut gut, zu merken und zu sehen, dass es dich wenigstens nicht zur Gänze kalt lässt", sagte sie, während sie vielsagend auf die Tschick deutete und ihm diese zurückreichte.

Gemeinsam mit dem Rauch kamen Worte aus ihrem Mund. „Es ist ein schrecklicher Gedanke, aber diese Kuppel ist wie ein Arbeitslager … Sie erinnert so sehr an dunkle vergangene Zeiten … So dunkel, dass wir sie doch eigentlich nur aus den Geschichtsbüchern kennen sollten."

Sie stand auf, ging bis zum Geländer und lächelte genauso schwermütig, wie ihre Stimme klang: „Es hat doch immer geheißen, so etwas würde und könnte nie wieder passieren. Jede Warnung wurde abgeschmettert und abgetan, während die einen die Intoleranz Stück für Stück salonfähig gemacht haben und sich die anderen daran angebiedert haben. Worte, Ereignisse und sogar Tatsachen wurden umgedeutet und für ihre Agenda missbraucht und wenn das nicht gereicht hat, wurde erfunden, behauptet und gefälscht. Und jetzt sind wir hier … Nicht nur Menschenwürde, sondern Menschenleben im Allgemeinen sind nichts mehr wert. Es geht nur noch um Macht und Geld und diese beiden Dinge um jeden Preis zu schützen. Ich frage mich, wann genau der Zeitpunkt gekommen war, ab dem es plötzlich der Hass war, der die Menschen verband. Ich habe immer gedacht, das wäre die Aufgabe der Liebe."

Sonja schnaufte einmal tief durch.

„Ich hoffe nach wie vor, all die Schweigenden sehen das so wie ich ... Hehe, wenigstens ist es ziemlich nachhaltig ... Wie viel Geld und Papier gespart wird, wenn man keine Geschichtsbücher neu schreiben und drucken muss. Man muss einfach nur ein paar Generationen warten und alles beginnt von vorne", klangen nun nicht nur ihre Worte, sondern auch ihre Stimme süffisant.

„*Zynismus steht ihr nicht*", dachte er, als er ebenfalls aufstand und zu Sonja ans Geländer trat. Er sah all die kräftigen Farben der Natur, während er von der Veranda aus in den Wald blickte. Er hörte die Geräusche, die von dort aus zu ihm drangen und spürte die Wärme der Sonne auf seiner Haut. Die Luft roch nach Sommer. Er legte seinen Arm um Sonja und zog sie liebevoll zu sich her.

„Es ist beinahe Ironie", begann er leise und wehmütig zu sprechen. „Wenn man in den Geschichtsbüchern von den grausamen Verbrechen und Geschehnissen der Vergangenheit liest, wirkt immer alles so dunkel, kalt und grau ... Und doch stehen wir hier ... Es ist hell, die Luft fühlt sich warm an und die Farben wirken kräftiger als jemals zuvor."

Er spürte, wie Sonja ihren Kopf gegen seine Schulter drückte, bevor sie sich aus seiner halben Umarmung löste und ihm behutsam über den Rücken streichelte. Sie ging zurück zu dem kleinen Tisch, nahm ihre Flasche Bier und trank einen Schluck.

„Die Kinder ...", hörte er sie laut und nachdrücklich sagen, während er noch beim Geländer stand. „Die Kinder, sie sind die letzte Grenze, die noch verschoben werden muss. Wenn es um Kinder geht, sind die Menschen noch nicht so abgestumpft und nehmen nicht einfach alles hin. Deshalb sind sie in der Kuppel vorsichtig, wenn es um sie geht und wenn sie merken sollten, dass sie diese Grenze noch nicht verrücken können, werden sie warten und es nochmal zu einem späteren Zeitpunkt versuchen. Vielleicht sind sie aber sogar übermütig geworden und bemerken nicht, dass es eventuell noch zu früh ist. Vielleicht fühlen sie sich zu sicher, sodass sie jetzt glauben, wirklich alles machen zu können."

„Du hast recht", ging ihm ein Licht auf. Obwohl er schon selbst in diese Richtung gedacht hatte, hatte er es noch nicht in dieser Deutlichkeit und letzter Konsequenz zu Ende gedacht. Das holte er nun nach: „Es ist wie damals mit den Menschenrechten. Zuerst haben sie für Flüchtlinge nicht mehr gegolten, als sie gesagt haben, dass sich das nicht ausgehen könne mit den vielen Menschen, die wegen Hitze, Naturkatastrophen und Kriegen ihre Heimat verloren hatten. Dann waren es die Kriminellen, die ihre Menschenrechte verwirkt hatten, ohne dass dabei darauf geachtet wurde, was sie getan hatten und warum sie überhaupt kriminell geworden waren. Als Nächstes kamen die Arbeitslosen und Obdachlosen. Danach Menschen mit psychischen oder körperlichen Problemen. So ging es immer weiter, bis es die Menschenrechte im Grunde gar nicht mehr gab ... Und heute gelten sie für niemanden mehr außer für Kinder ... Also zumindest, wenn sie die richtige Staatsbürgerschaft besitzen und noch nicht ihren dreizehnten Geburtstag gefeiert haben."

„Genau!", gab Sonja ihm zu verstehen, dass er verstanden hatte, um was es ihr ging. „Ich weiß auch nicht, warum das so ist ... Ich schätze, es ist die eine Sache, die den Menschen dabei hilft, sich einzureden, dass sie eigentlich gute Menschen sind ... Jedenfalls sehe ich es als das letzte Puzzleteil des 'Umbruchs'. Wenn sie das so umsetzen ... Ein Arbeitslager, in dem Kinder gefangen sind und in dem Einzelpersonen entscheiden, wer vielleicht irgendwann rauskommt und wer nicht. Eine Einrichtung, in der sich manche sehr wahrscheinlich sogar zu Tode schuften werden. Wenn das von der Bevölkerung gutgeheißen oder auch nur stillschweigend hingenommen wird, dann war es das. Dann können sie wirklich alles machen, was sie wollen."

„Das Schlimme ...", fuhr sie fort und wirkte mittlerweile weit gefasster, auch wenn nach wie vor eine gewisse Bitterkeit in ihrer Stimme zu erkennen war, „... ist, dass sie es trotzdem noch Demokratie nennen und sich dann auch noch stolz darauf berufen."

„Das ist nur das konsequente Ende ihrer Erzählung", antwortete er trocken, als er langsam zu Sonja zum Tisch zurückkehrte. Er erklärte, was er damit meinte: „Es wurde bei allem immer fleißig auf andere Länder und Regionen der Welt gezeigt und den übergeordneten Bündnissen die Schuld für die Missstände gegeben, ohne die eigene Rolle zu hinterfragen oder die Dinge zu beachten, die hier geschehen sind ... Die Demokratie ist gestorben, als der Populismus Parteiprogramme zu ersetzen begonnen hat und Entscheidungen nicht mehr im Interesse der Wähler getroffen wurden, die die Partei gewählt hatten, sondern nur noch aufgrund von Wählern, die sie bei der nächsten Wahl von anderen Parteien gewinnen wollten. Ab dem Zeitpunkt, als Entscheidungen und Programme nur noch im Sinne von dreißig Prozent der Bevölkerung getroffen wurden, von denen man geglaubt hat, dass sie die Wahlen entscheiden würden, war es doch schon schwierig, noch von Demokratie zu sprechen. Und das haben sie mit Ansagen und Versprechungen versucht, von denen sie selbst ganz genau wussten, dass sie nicht umsetzbar waren. Danach haben sie einfach wieder den übergeordneten Institutionen und Bündnissen die Schuld für die Nichtumsetzung in die Schuhe geschoben und das Spiel hat von vorne begonnen."

„Tja", schien Sonja seine Ansichten zu teilen. „Und plötzlich ist da eine Koalition, die über die Mehrheiten verfügt, die letzten demokratischen Grundpfeiler auszuhebeln. Und sie ist auch gewillt, das zu tun ... Aber was hättest du anderes erwarten sollen von Leuten, die vor Wahlen offen drohen, und von einem Mann, der sich gleich nach der Wahl den offiziellen Titel 'Volkskanzler' gibt." Sonja war plötzlich belustigt. „Wenn sich jemand selbst 'Volkskanzler' nennen muss, weißt du im Grunde doch schon, dass er das gar nicht sein kann. Das ist ein Paradoxon sich selbst diesen Titel zu geben oder ist es ganz einfach nur Hochmut ... Glaubst du, die Menschen werden das irgendwann durchschauen?"

„Vielleicht werden sie das ...", hatte er sich diese Frage schon fast zu oft selbst gestellt und deshalb die bittere Antwort darauf parat: „Nur wird es dann zu spät sein, wenn es das nicht sogar jetzt schon ist. Bis dahin werden einfache Lösungen versprochen, die sowieso nicht klappen können, und wenn es eng wird, bleibt ja immer noch das Verfolgen von Minderheiten oder sogar ein Krieg ... Wir müssen uns ganz einfach damit abfinden, dass es so ist und es von der Mehrheit so gewollt ist."

„Müssen wir das? Wird es das?", wurde Sonja stutzig, zog eine Augenbraue nach oben und wollte das nicht so stehen lassen.

„Die Demokratie kann sich nicht selbst abschaffen ... Wenn es alle paar Jahre neutrale und faire Wahlen gäbe, in denen darüber abgestimmt wird, ob es weiterhin undemokratisch bleiben soll, dann würde sie sich vielleicht selbst abschaffen, aber dann wäre es ja weiterhin eine Demokratie ... Sobald es keine neutralen und fairen Wahlen mehr gibt, ist es keine mehr, nur wurde es dann auch nicht demokratisch von der aktuellen Bevölkerung entschieden", hielt sie weiterhin mit hochgezogener Augenbraue fest.

„Noch ein Paradoxon ...", ließ er Sonja mit seufzendem Ton wissen, dass ihm ihre Vorliebe für diese Gedankenexperimente nicht fremd war, bevor er nach der nächsten Zigarette griff.

„Genau!", war sie voll und ganz in ihrem Element und er konnte das Feuer, das in ihr zu lodern begann, förmlich spüren. „Und wenn Regierungszeiträume immer noch weiter ausgedehnt werden und Entscheidungen anhand von Stimmungsbildern und aufgrund von irgendwelchen selbst in Auftrag gegebenen Umfragen getroffen werden statt anhand von tatsächlichen Wahlen und den dazugehörigen inhaltlichen Programmen, dann ist es im Grunde keine Demokratie mehr. Oder glaubst du wirklich, die Mehrheit der Menschen würde bei der Frage 'Wollen Sie eine Regierung die Arbeitslager baut, in denen sogar Kinder gefangen sind?' mit 'Ja' antworten?", fragte sie ihn mit energischer Stimme, die von einer ebenso energiereichen Gestik untermalt wurde.

„Ich glaube", begann er seine ehrliche Meinung auszusprechen und musste dabei schlucken, weil diese nichts mit dem Feuer zu tun hatte, das Sonja versprühte. „Wenn es dieses Lager schon gäbe und der Bevölkerung erklärt werden würde, was für Vorteile sie davon hätte ... Es müsste noch nicht einmal stimmen. Eine große Mehrheit würde mit 'Ja' stimmen."

„Und selbst wenn ...", gab sich Sonja nicht mit seiner Antwort zufrieden, „... müsste es diese Abstimmung geben und den Menschen davor gesagt und gezeigt werden, was dort vor sich geht. Dann könnten sie entscheiden. Wir müssen doch an das Gute und an das Menschliche glauben."

Er lachte süffisant und zynisch, bevor er seine Flasche Bier unter einmal austrank. „Du klingst echt wie Aurora ...", ließ er Sonja wissen, als er die leere Flasche mit einer kräftigen Bewegung auf dem Tisch abstellte, was einen dumpfen Ton zur Folge hatte.

„Wer ist Aurora?", wollte Sonja augenblicklich wissen.

Da er es mehr unbeabsichtigt als bewusst bereits aufgegeben hatte, vorsichtig zu sein, erzählte er Sonja alles über Aurora. Bei dem Moment angefangen, als sie als neue Mitarbeiterin im Büro vorgestellt wurde, über ihren gemeinsamen Aufenthalt in der Kuppel, ihre doch recht kopflose Aktion mit der Brosche bis hin zu seinem Vorhaben, dafür zu sorgen, dass ihr Arbeitsverhältnis nicht verlängert werden würde. Auch von ihrem Charakter, ihrer Einstellung zum Leben, was sie dachte sowie sagte und sogar von ihrer Wahnvorstellung, anscheinend ein Glückskind zu sein, erzählte er und musste dabei sogar hin und wieder lächeln.

„Sie klingt jedenfalls nach einer klugen, lebendigen und mutigen Frau", war Sonjas Resümee, nachdem sie aufmerksam seinen Ausführungen gefolgt war. „Und eigentlich kenne ich noch jemanden, der so ähnlich denkt und früher auch so geredet hat ..."

Sie schaute ihm tief in die Augen und es wirkte so, als wollte sie ihm damit zeigen, dass ihre nächsten Worte ihrer vollsten Überzeugung entsprächen. „Nämlich dich! Ich weiß, es war nicht leicht ... Weder für dich noch für mich und es hat auch bei mir ein bisschen Zeit gebraucht, um die Wunden zu lecken und wieder zu mir zu finden, aber dass du so endest und immer noch so drauf bist wie damals direkt im ersten Schockmoment, das hätte sie nicht gewollt ... Für das hat sie das nicht getan ...“

„Sprich bitte nicht von ihr!“, wollte er schon etwas verzweifelt dieses Thema gar nicht erst aufkommen lassen, bevor es doch aus ihm herausbrach: „Ich war es, der die Schuld an ihrem grausigen Schicksal trägt und dir und sogar Evey das alles eingebrockt hat. Ich habe nicht aufgepasst und nicht nachgedacht ... Ich war meine Leben lang von der falschen Hoffnung und dem falschen Glauben geblendet, dass es da draußen doch das Gute gibt. Ich hätte es damals schon wissen müssen und ich hätte an diesem Wintertag einfach sagen sollen, dass ich keine Lust auf einen Kaffee habe ... Und jetzt würde mit Aurora dasselbe passieren, wenn ich nicht die Reißleine ziehe. Ich werde nicht noch einmal denselben Fehler begehen.“

Er spürte eine Hand auf seinem Arm, die ihn liebevoll zu streicheln begann. „Ich weiß, es ist hart, aber es war ihre eigene Entscheidung und du darfst dir nicht die Schuld dafür geben. Du weißt genau so gut wie ich, dass sie es nicht nur wegen dir getan hat. Die eine Sache ist, wie du selbst damit umgehst und was das für dich und dein Leben bedeutet. Das ist deine Entscheidung, aber da Aurora mit hineinzuziehen und zu bestimmen, was gut und das Richtige für sie ist? Das ist eine ganz andere Sache ... Ich finde, das steht dir nicht zu. Nur weil du es so siehst, heißt das nicht, dass es andere genau so sehen müssen und nicht wenigstens versuchen dürfen, sich zu wehren. Du weißt, KidKad hätte das genauso gesehen ...", vernahm er Sonjas sanfte und trotzdem eindrückliche Worte, ohne sie dabei anzusehen.

„Weißt du, Sonja", begann er plötzlich resigniert zu sprechen, ohne vorgehabt zu haben, dies zu tun, und hielt dabei wie versteinert seinen Kopf gesenkt. „Du schaust in die Welt und siehst, was alles falsch läuft, und du fragst dich, warum es die anderen nicht sehen. Deshalb beginnst du damit, zu versuchen, es ihnen zu zeigen und sie wachzurütteln. Du kämpfst und kämpfst ... Jeden Tag aufs Neue kämpfst du in der Hoffnung und dem Glauben, dass sie dir irgendwann zuhören und es selbst sehen und spüren können ... Doch dieser Moment, er kommt einfach niemals und irgendwann verlierst du nicht nur alles, was dir wichtig ist, sondern auch deine Kraft und du bemerkst, dass es ganz einfach niemand sehen will ... Es fühlt sich so an, als ob du der Einzige wärst, der das tut. Dir wird klar, dass deine Hoffnung und dein Glaube nichts anderes sind als falsche Annahmen, die wie ein Stachel tief in deinem Fleisch sitzen und nichts als Schmerzen bereiten. Bis du sie aufgibst und so wenigstens den Schmerz betäubst ... Diese Erkenntnis war es, wegen der ich es aufgegeben habe, zu kämpfen. Weil es das ist, was mich und alle anderen, die mir etwas bedeuten oder auch nur etwas bedeuten könnten, vor Schmerz und Leid bewahrt."

Weiterhin fühlte er Sonjas Hand auf seinem Arm und die zarten streichenden Bewegungen waren wohl ihre gutgemeinte Antwort auf seine in Worten geäußerten Verzweiflung. Doch anstatt ihn zu beruhigen, machten sie das Gegenteil und ließen ihn noch unruhiger werden.

„Hörst du mir überhaupt zu?", wurde er beinahe schon ein wenig wütend, hob seinen Kopf und starrte Sonja mit verzweifeltem Blick an, während er versuchte ihr klarzumachen: „So bin ich jetzt. Alles andere war eine frühere naive Version von mir, die die Augen vor der Wahrheit verschlossen hatte. Die Wahrheit ist, dass es allen egal ist und schon immer egal war, was vor sich geht und was das für den Planeten und andere Menschen oder Lebewesen bedeutet … Und das wird sich niemals ändern. Deshalb frage ich dich, Sonja, verstehst du es jetzt? Weißt du jetzt endlich, wer ich heute bin?"

Sonja nahm nun ihre beiden Hände, umfasste damit die seinen und sah ihm abermals tief in die Augen. „Ich denke schon, dass ich weiß, wer du heute bist", war ihre Stimme eindringlich und trotzdem ruhig und einfühlsam. „Die Frage ist viel mehr, weißt du es denn selbst?"

☼

Im Gegensatz zur Hinfahrt, als er im Zug sitzend aus dem Fenster geblickt und versucht hatte, die Eindrücke einzusaugen, die sich ihm dabei geboten hatten, saß er nun auf seinem Platz und starrte ins Nichts. Er hatte schon am Vormittag, als er beschlossen hatte, Sonja aufzusuchen, mit einkalkuliert, dass er bei der Rückfahrt einige Gedanken zu ordnen hätte, aber dass er jetzt eigentlich gar nicht mehr wusste, wo ihm der Kopf stand, davon war er nicht ausgegangen.

Sein Kopf arbeitete unentwegt, sprang von einer Erinnerung zur nächsten und er fühlte sich diesem Schauspiel, das in ihm selbst stattfand, hilflos ausgeliefert. Es schien ihm unmöglich, es auch nur ein bisschen unter Kontrolle zu bringen.

„Ich muss es irgendwie schaffen, Ruhe und Ordnung in meinen Kopf zu bekommen, und den heutigen Vormittag hinter mir lassen und vergessen", war ihm das Ziel klar. Er hoffte das dazu nötige Rezept parat zu haben, wie er zu der ersehnten Ruhe zurückfinden könnte.

„Du hast selbst gewusst, auf was du dich einlässt, als du beschlossen hast, zu ihr zu fahren, also reiß dich zusammen", verschärfte er sich selbst gegenüber den Ton, als es nicht augenblicklich klappte. Für einen Moment konnte er kurz spüren, wie nicht nur sein Kopf, sondern auch sein Körper wieder einmal begann unruhig zu werden. Diesmal hatte

er allerdings den Vorteil, dass das Zugabteil fast leer war und er sich deshalb unbeobachtet fühlte. Das half ihm dabei, mit einiger Anstrengung, die entstehende körperliche Anspannung beiseitezuschieben.

Er war einfach aufgestanden und gegangen, ohne sich überhaupt richtig zu verabschieden. Lediglich Evey hatte er noch kurz über den Kopf gestreichelt, bevor er so unvermittelt aufgebrochen war. Die Fahrt mit dem Fahrrad zurück verging rasch, was wohl daran lag, dass er nur noch von dort wegwollte und deshalb so fest es ging in die Pedale getreten hatte. Selbst der Zug war zur Abwechslung ziemlich pünktlich gewesen, was ihm am Bahnhof eine unangenehme Wartezeit erspart hatte.

Vage konnte er sich erinnern, dass ihm Sonja so etwas wie „ruf mich an, ich bin für dich da" hinterhergerufen hatte, aber den genauen Wortlaut wusste er schon gar nicht mehr. Genauso wenig, wie er sich an die Tonalität, die sie dabei an den Tag gelegt hatte, erinnern konnte.

„Es war in Ordnung, Sonja heute zu sehen … Irgendwie ist es schön, zu wissen, dass es ihr wieder gut geht, aber das ist nicht mehr meine Welt. Es geht einfach nicht", dachte er und hoffte gleichzeitig, dass das als Abschluss für das Erlebte reichen und sich sein Gehirn nun etwas anderes suchen würde, auf das es sich konzentrieren konnte.

Zu seinem Leidwesen hatte sein Kopf aber etwas anderes vor, weshalb er beschloss, das letzte Register zu ziehen und ein wenig zu schlafen. Auch wenn es ihm in der Nacht des Öfteren schwerfiel, Schlaf zu finden, war untertags nicht selten das Gegenteil der Fall und er setzte darauf, dass das auch diesmal so sein würde. Nachdem er sich einen Wecker gestellt hatte, um die Ankunft nicht zu verpassen, nahm er seine Tasche, drückte sie gegen die Fensterscheibe und legte seinen keine Ruhe geben wollenden Kopf darauf ab.

Es war zwar nicht unbedingt gemütlich, doch um den erwünschten Zweck zu erfüllen, sollte es reichen. Und das tat es gewissermaßen auch. Womit er allerdings nicht gerechnet hatte, war, dass es nicht wirklich Schlaf war, den er fand, sondern eine eigenartige Vorstufe dazu. Eine, in der er zwar noch mitbekam, was in seinem Kopf vor sich ging, es jedoch in keinster Weise steuern oder stoppen konnte.

Die ersten paar Mal, als er bemerkte, dass seine Gedanken und Erinnerungen eine Richtung einschlugen, die ihm nicht gefiel, schreckte er noch auf und versuchte dagegen anzukämpfen. Doch irgendwann gab er auf und setzte seine Hoffnung darauf, dass er sich schlicht nicht mehr an das, was gerade in ihm vor sich ging, erinnern könnte, wenn er später aus dem Zug aussteigen würde.

Halb im Schlaf und halb im Wachzustand war er weder Herr über seinen Kopf noch über seinen Körper und dessen Empfindungen. Zuerst war da plötzlich ein dumpfes, ungutes Gefühl in seiner Brust, bevor sich dieses langsam auf den ganzen Körper ausbreitete und einfach nicht mehr weggehen wollte, bevor es sich als tiefsitzender, innerlicher Schmerz manifestierte.

Er konnte nicht sagen, woher dieser zermürbende Schmerz kam, nur dass es schwer bis - in manchen kurzen Momenten - beinahe unmöglich für ihn war, diesen auszuhalten. Es war, als wollten ihm sein Körper, sein Kopf, sein Unterbewusstsein oder vielleicht sogar alle drei zusammen einen Streich spielen. Denn er kannte diesen Schmerz aus lang vergangenen Zeiten, bis dieser irgendwann verschwunden war, um vor ein paar Jahren plötzlich wieder zurückzukehren.

Nach der Nacht des Blutmondes vor ein paar Jahren hatte er ihn noch einige Male gespürt und seiner Erinnerung nach wäre er fast daran verendet, bevor er es endlich geschafft hatte, ihn aus seinem Körper zu verdrängen. Warum er jetzt auf einmal wieder da war, musste wohl mit dem Treffen mit Sonja zusammenhängen und mit den Erinnerungen, die sie teilten. Mit den Dingen, die sie währenddessen angesprochen, sowie den Namen, die sie ausgesprochen hatte.

Den Schmerz mit niemanden teilen zu können, hatte es früher schon schlimmer und noch schwerer erträglich gemacht. Und selbst wenn er das vielleicht sogar gekonnt hätte, hatte er diesen mit niemanden teilen wollen.

„Es reicht, wenn einer leidet und es aushalten muss", hatte er sich in diesen Augenblicken stets gedacht, auch wenn er sich innerlich vielleicht doch gewünscht hätte, dass er mitsamt seinem Schmerz gesehen und wahrgenommen worden wäre und da jemand gewesen wäre, der ihm einfach gesagt hätte: „Es ist in Ordnung, ich sehe dich und bin für dich da." Ihn ganz einfach in den Arm genommen hätte, so als wäre er ein kleines Kind, das vor innerer Zerrissenheit, Unsicherheit und Verzweiflung schrie wie am Spieß. Also etwas, das er so nicht kannte und nie kennen gelernt hatte, denn als Kind hatte er niemals so eine tröstliche Umarmung gespürt oder solch liebevolle Worte gehört.

Schon als kleiner Junge war er immer derjenige gewesen, der die Aufgabe übernommen hatte, für sich selbst und andere seinen eigenen und auch deren Schmerz auszuhalten, egal wie schlimm und furchtbar es für ihn gewesen war. Er hatte als Kind immer gehofft, dass es irgendwann - und sei es nur ein einziges Mal, für nur eine einzige flüchtige Sekunde - umgekehrt sein würde, doch er hatte vergeblich darauf gewartet. Dieser Moment war niemals gekommen. Zumindest nicht, bis er irgendwann das Erwachsenenalter erreicht hatte.

In seinem momentanen Zustand - zusammengekauert im Zug - weiterhin irgendwo zwischen Wach- und Schlafzustand gefangen konnte er es in den Tiefen seines Unterbewusstseins spüren, wie es für ihn als Junge in dem Haus, in dem er aufgewachsen war, gewesen war. Etwas, das ihm in seinen bewussten Erinnerungen kaum bis so gut wie gar nicht möglich war.

Wenn damals, als er klein war, etwas passiert war und er vor lauter Angst, innerer Unsicherheit und Zerrissenheit nicht anders konnte, als zu weinen und zu schreien, er sich weh getan hatte oder auch nur vor Freude übermütig geworden war, hatte es stets geheißen „Sei nicht so empfindlich", „Führ dich nicht so auf" oder „Reiß dich zusammen". Und in den meisten Fällen blieb es nicht bei diesen Worten und es folgten Bestrafungen, wenn er es nicht geschafft hatte, sich umgehend selbst zu beruhigen.

Manchmal konnte er noch heute den festen schmerzhaften Griff an seinem Arm oder das schmerzhafte Brennen an seinen Ohrläppchen spüren, ohne zu wissen, was es bedeutete. In seinem jetzigen Zustand war ihm klar, dass das nichts weiter war als letzte tief vergrabene körperliche Erinnerungen, wie er damals daran in sein Zimmer gezerrt worden war und währenddessen verzweifelt und lauthals gerufen hatte „BITTE NICHT, BITTE NICHT, BIIIIITTTTEEE NNNIIIICCCHHHTT!".

An einem guten Tag wurde er dort eingesperrt und erst wieder hinausgelassen, als er sich beruhigt hatte. An einem schlechten Tag hatte er neben dem vom Griff schmerzenden Arm oder Ohrläppchen noch den Aufprall der flachen Hand an seiner Wange oder, nachdem er über das Knie gelegt worden war, auch auf seinem Hinterteil ertragen müssen. An einem ganz schlechten Tag wurden ihm vorher sogar die Hose sowie Unterhose hinuntergezogen, um die Schläge auf sein nacktes Hinterteil noch schmerzvoller und brennender werden zu lassen.

Bereits damals in diesen Momenten hatte er bemerkt, dass es nicht der körperliche Schmerz war, der tief in ihm drin Spuren hinterließ, sondern die Demütigung, die er dabei über sich ergehen lassen musste. Eine Demütigung, die ihn stets hilflos und ohnmächtig in seinem Bett zurückbleiben ließ.

Dort liegend hatte er sich danach unter Tränen seinen Stofftieren anvertraut und sie um Antworten angefleht. „Was habe ich getan?", „Warum hat mich niemand lieb?", „Was ist falsch mit mir?", „Warum hassen mich alle?", wollte er von ihnen wissen, doch er hatte von ihnen niemals eine Antwort erhalten.

Genauso wenig wie von seinen Peinigern, die ihn anfangs wenigstens noch mit den Worten „Selbst schuld, wenn du nicht normal tust" oder „Du musst selbst wissen, was du getan hast" abgespeist hatten. Irgendwann hatten sie gar keine Antworten mehr für ihn übrig und ihm nur einen Blick voller Abneigung, Hass und Ekel zugeworfen, bevor sie sich angewidert von ihm abgewendet hatten.

So war er gezwungen mit der Zeit ganz alleine zu lernen, was diese Blicke und „es selbst zu wissen" bedeutete. Zuerst hatte er damit begonnen statt „BITTE NICHT" „ICH BIN SCHON BRAV" zu schreien, was allerdings noch nicht die gewünschte Wirkung erzielt hatte. Er hatte den Fehler begangen, dabei immer noch zu schreien und zu weinen.

Also hatte er sich zunächst das Schreien abtrainiert und als nächsten Schritt das Weinen. Dennoch waren er und sein Verhalten immer noch nicht gut genug und auch wenn die gewaltsamen Verschleppungen in sein Zimmer weniger wurden, passierten sie trotzdem weiterhin. Selbst wenn diese nicht stattgefunden hätten, war da immer noch dieser Blick, der beinahe genauso schmerzhaft brannte wie die Schläge mit der flachen Hand auf die nackte Haut.

Erst als er gelernt hatte, einfach nur brav da zu sitzen, sich nicht zu bewegen, keinen Muckser von sich zu geben und dabei auch noch artig zu lächeln

- wobei sein Trick war, nur zu lächeln und nicht laut zu lachen, denn das hätte das Pendel wieder in die andere Richtung ausschlagen lassen können - obwohl er innerlich eigentlich panisch, verängstigt und vielleicht sogar ein bisschen wütend war, hörte es auf.

Er hatte endlich begriffen was „das musst du selbst wissen" und diese Blicke bedeuteten, nämlich nichts anderes als: „D*u bist das Problem und deine einzige Chance ist, dich zu verstecken und zu verheimlichen, wer du bist, wenn du es schon nicht ändern kannst.*"

Mit der Zeit hatte er begonnen, genau zu spüren, wann was von ihm erwünscht war, erwartet wurde oder wann welches Verhalten angebracht war. Da er aufgrund dieser erlernten Strategie immer so ruhig war, fiel es ihm irgendwann zusätzlich auch noch zu, die Personen, die ihm diese Lektion für das Leben beigebracht hatten, zu trösten, für sie da zu sein und für sie ihren Schmerz mit auszuhalten oder diesen zu lindern, wenn es ihnen schlecht ging. Auch hierfür hatte er einen Trick, nämlich den Schmerz der anderen aufzusaugen und alles, was dieser in ihm auslöste, wegzudrücken, dabei ruhig zu sein und brav zu lächeln. Genauso wie er es mit seinem eigenen Schmerz gemacht hatte. Im Grunde also zu schweigen und gequält zu lächeln, ganz egal, was passiert war oder passieren würde.

Er setzte alles daran, den Schmerz der anderen zu lindern, von dem er - nach alldem, was er gelernt hatte - überzeugt war, diesen durch seine bloße Existenz überhaupt erst ausgelöst oder jedenfalls wesentlich verschlimmert zu haben. Er sah es als seine Verantwortung an, wenn er schon die Ursache dafür war.

Wenn er sich nur genug anstrengte, indem er alles für die Personen tat, die ihm wichtig waren, dann könnte er das von ihm verursachte Leid wieder verschwinden lassen. Doch es war ein schmaler Grat. Ein Fehler von ihm und der Schmerz und das Leid waren sofort wieder da. Und in diesem Fall hatte er sogar noch mehr Verantwortung und Schuld dafür zu tragen, als er es ohnehin schon tat, weshalb er stets konzentriert und wachsam bleiben musste.

Was so eine Unachtsamkeit für Konsequenzen haben konnte, spürte er heute noch jedes Mal durch den imaginären Schmerz, der auf seinem Arm oder seinem Ohrläppchen entstand, wenn er nur für einen kurzen Schreckmoment glaubte, einen kleinen Fehler begangen zu haben.

Irgendwann war er überzeugt davon gewesen, dass es der Preis seiner Geburt war, auf die Menschen, die ihm etwas bedeuteten, zu achten und sich selbst dabei zu vergessen. So wie er es heute auch wieder wusste.

Er war gar nicht einmal wütend auf die Menschen, die ihm das angetan hatten, sondern viel mehr auf sich selbst als Kind, weil er damals nicht früher verstanden hatte, was zu tun gewesen war. Und er tat es für sich als Ausrede ab, dass er damals hilflos, schwach und ein Kind gewesen war, ganz so wie es ihm damals beigebracht worden war.

„Sei nicht so empfindlich, führ dich nicht so auf und reiß dich zusammen. So ist das halt, wenn man bei Pflegeeltern aufwächst", hatte er damals zu sich selbst gesagt und erst viele Jahre später bemerkt, dass dem eigentlich nicht so war. Er kannte mittlerweile einige Menschen, die bei liebevollen, fürsorglichen Pflegeeltern aufgewachsen waren, und ebenso kannte er einige andere, die Ähnliches erlebt hatten wie er, obwohl sie in einer nach außen hin perfekt wirkenden Mutter-Vater-Kind-Familie großgezogen worden waren.

Er hegte auch heute noch keinen Groll gegen seine Pflegeeltern, denn er war sich sicher, dass sie ihn trotz allem einfach nur auf das Leben und die Welt außerhalb des Hauses vorbereiten wollten, was ihnen aus heutiger Sicht ironischerweise sogar geglückt zu sein schien. Ihr perfider Erziehungsstil war am Ende ganz einfach nichts weiter als ihr noch perfiderer Ausdruck von Liebe gewesen.

Er hatte sich, bis er alt genug gewesen war, um sich dagegen zu wehren, an diese früh erlernten Regeln gehalten, doch sich ab einem bestimmten Zeitpunkt geschworen, nicht mehr danach zu leben, sobald sein eigenes Überleben nicht mehr davon abhinge und er auf eigenen Füßen stand.

Sein rosa Stoffschwein mit den dunklen Knopfaugen, das er oft voller Verzweiflung um Hilfe, Antworten oder Erklärungen angefleht hatte, hatte er bis heute behalten. Bis zu der Nacht des Blutmondes vor ein paar Jahren war es für ihn ein Mahnmal gewesen, wie es nie wieder sein sollte, doch in jener Nacht verwandelte es sich in ein Mahnmal dafür, wer er und wie es nun einmal war.

In jener Nacht hatte er bemerkt, dass es nicht nur keinen Sinn machte, sich zu wehren, sondern es letztlich sogar alles nur schlimmer macht, wenn man das tut. Genauso wie es damals als Kind auch schon gewesen war. Deshalb war er heute dankbar für die Lektionen, die er als kleiner Junge gelernt hatte, denn aufgrund von diesen hatte er gewusst, was er zu tun hatte, und er begann sich wieder so zu verhalten, wie er es von klein auf gelernt hatte.

Ein wichtiger Bestandteil dieses Verhaltens war, niemanden zu nah an sich heranzulassen, selbst wenn ihm jemand die Welt bedeutete, denn seine Nähe bedeutete nichts weiter als eine Belastung, Schmerz oder Gefahr für diejenigen, die das Pech hatten, ihm wichtig zu sein. Wie jede andere Regel auch hatte diese glücklicherweise ebenfalls eine

Ausnahme und trug den Namen Nico Robin. Bis heute blieb sie die einzige Person, die zwischen ihm und dem kalten grausamen Nichts der kompletten Isolation stand.

„Sei nicht so empfindlich und reiß dich zusammen, so ist die Welt nun einmal", sagte er sich seitdem immer wieder, lächelte gequält, war stets wachsam, um ja keinen noch so kleinen Fehler zu begehen, und vor allem schwieg er.

Der große Unterschied zu seiner Kindheit und gleichzeitig ein nicht zu unterschätzender Vorteil war jedoch, dass es heute Zigaretten und Alkohol gab, die ihm dabei halfen, es auszuhalten und es zeitweise sogar einfacher machten, als es damals gewesen war.

Ohne es selbst mitzubekommen, hätte er eigentlich von Glück sprechen können, dass das Zugabteil so gut wie leer war. Er machte einen bemitleidenswerten Eindruck, wie er mit der Tasche zwischen seinem Kopf und der Fensterscheibe eingeklemmt da lag und leise, beinahe schon wimmernde Töne von sich gab, während er immer wieder kurz zitterte.

Hinzu kam, dass sein T-Shirt bereits feucht vom Schweiß war und ihm dieser auch schon über sein Gesicht zu rinnen begann. Seine Augen sahen aus, als würde er sie gewaltsam und mit aller Kraft zusammenkneifen. Gepaart mit dem schweren

Atmen, was fast schon mehr an ein Keuchen erinnerte, welches aus seinem Mund kam, wenn er gerade kein Wimmern ausstieß, war auf den ersten Blick zu erkennen, dass er hier jedenfalls kein gemütliches Schläfchen hielt, sondern eher das Gegenteil davon.

„KidKad", schien das Wimmern auf einmal den Namen auszusprechen, den er zuvor bei Sonja unter keinen Umständen an sich heranlassen wollte. Es machte den Anschein, als würde der Schweiß auf seinem T-Shirt und in seinem Gesicht mehr werden und als würde er seine Augen noch eine Spur fester zusammenkneifen, als er in einer Art von Trancezustand gefangen an die Fensterscheibe gelehnt da lag. Plötzlich war er wieder dort in den Momenten, die er mit diesem Namen verband.

Die Verbindung zu diesen Momenten war ebenfalls ein tiefsitzender innerliche Schmerz, der nun von einer gehörigen Portion Wehmut begleitet wurde. Es war, als wäre er wieder dort, so als würde sich seine Erinnerung im Hier und Jetzt abspielen, nur dass er in jedem Moment wusste, was als Nächstes passieren sollte, und er zu seinem Leidwesen trotzdem auch nicht nur das kleinste Detail daran ändern konnte.

Es war der späte Nachmittag eines kalten Wintertags gewesen, als er ihr zum ersten Mal begegnet war. Damals war er noch davon überzeugt, nicht mehr nach den als Kind erlernten Spielregeln leben zu wollen. An jenem Tag hatte er sich sein Whiteboard gekauft, welches heute blank an der Wand in seinem Zimmer hing, und er war gerade auf dem Weg nach Hause gewesen, als ihn, während er das Whiteboard unter seinen Arm geklemmt hatte, plötzlich die Lust nach einer Zigarette überkam. Um seine Hände frei zu bekommen, hatte er es auf den Boden abgestellt.

Während er gerade damit beschäftigt war, den Glimmstängel zusammenzukleben, hörte er plötzlich eine belustigte und freundlich wirkende Frauenstimme: „Haha, das kenne ich, ich schaffe das auch nie während des Gehens." Sie lachte ihn beinahe schon aus.

Als er zu der Stimme hinübersah, erkannte er im ersten Moment fast gar nichts. Die Fremde war winterlich eingepackt, mehr als ihr halbes Gesicht war von einem Schal bedeckt und auf ihrem Kopf saß eine graue Mütze, unter der nur Teile ihrer glänzenden dunkelbraunen fast schwarzen Haare hervorragten. Ihr ansteckendes Lachen reichte für ihn allerdings schon aus, um mit seiner Regel zu brechen, keinen Small Talk zu führen, und zehn Minuten später waren sie schon gemeinsam auf dem Weg in ein kleines Café um die Ecke gewesen. Der Umstand, dass sie es sich nicht nehmen ließ, selbst dort in dem beheizten Raum ihre Mütze aufzubehalten, amüsierte ihn köstlich.

Nachdem sie an einem kleinen Tisch beim Fenster Platz genommen hatten, erzählte sie ihm, dass sie immerzu beschäftigt war, weil sie eine eigene kleine Werkstatt besaß, in der sie Dinge aus Holz reparierte, nach den Wünschen von Kunden modellierte oder sogar selbst fabrizierte.

Als er von diesem Teil ihres Lebens erfuhr, konnte er einfach nicht anders, als sie fortan KidKad zu nennen. Dieses Vorhaben teilte er ihr sogleich mit. Die für ihn zu diesem Zeitpunkt noch fremde Frau kannte die Kinderbücher ebenfalls und schien sogleich Gefallen an diesem Spitznamen zu finden.

Sie gab ihm erneut mit einem herzhaften Lachen und den Worten „Das finde ich gut" zu verstehen, dass sie damit einverstanden war, und wirkte dabei sogar begeistert. Wie er erst später erfahren sollte, war diese Bereitschaft, einen neuen Namen anzunehmen, auch dem Umstand geschuldet, dass sie ihren eigentlichen Namen am liebsten vergessen hätte, da er sie zu sehr an ihre Familie erinnerte.

Bereits in diesem Moment wusste er, dass er niemals genug von ihrem Lachen bekommen würde, bei dem sich das Muttermal, welches sich auf ihrer rechten Wange unter ihrem Auge befand nach oben bewegte und ihre herzlichen braunen Augen, die von schlicht gezupften Augenbrauen umgeben waren, noch schöner wirken ließen, als sie es ohnehin schon waren.

„Nun habe ich wirklich diese Frau kennenlernen müssen, um die Bedeutung des Begriffs 'Schönheitsfleck' zu verstehen", dachte er sich, als er sich von ihr verabschiedete, und es zu diesem Zeitpunkt nicht für möglich gehalten hatte, dass sich jemand wie sie nochmals mit ihm treffen wollte.

Zu seiner Verwunderung wollte sie das aber. Und sie trafen sich in den darauffolgenden Wochen immer wieder auf einen Kaffee oder ein anderes Getränk. Stets fanden ihre Begegnungen erst statt, wenn bereits die Sonne untergegangen war. Kid-Kads Arbeit und ihre sonstigen Verpflichtungen hatten es einfach nicht zugelassen, dass sie sich früher hätten treffen können.

Irgendwann waren aus den Caféhäusern und Bars ihre Wohnungen geworden. Meist war es die ihre und weit seltener die seine, obwohl sie bis heute der letzte Mensch außer ihm selbst und Nico Robin gewesen war, der in einem nicht alkoholisierten Zustand sein Zimmer betreten hatte, oder besser gesagt betreten hatte dürfen.

Der Grund, warum sie häufiger bei ihr zu Hause gewesen waren als bei ihm, war, dass sie etwas außerhalb des Stadtrands gelebt hatte. Von seiner Wohnung aus war es zu Fuß knapp eine halbe Stunde und jede einzelne Minute davon war es wert gewesen. Der letzte Teil des Weges führte über eine schmale Straße in den Wald, bis man schließlich bei dem kleinen Haus ankam, welches im Grunde eher einer Hütte glich. Es gab weder einen Keller noch einen Dachboden, aber dafür gab es riesige Dachfenster, durch welche man praktisch von jeder Stelle des Hauses auf den Himmel blicken konnte. Das Schönste an dem Häuschen war für ihn allerdings immer sein Geruch gewesen. Jede Ecke und jeder Winkel hatten nach ihr geduftet. Bis heute konnte er diesen nicht wirklich beschreiben und auch nicht einschätzen, ob es ein Parfüm oder doch ihr Körpergeruch gewesen war. Der Duft stand ganz einfach für sich und er konnte sich erinnern, als er mit ihr an jenem Winterabend in dem Café gesessen war.

Damals war er felsenfest davon überzeugt gewesen, dass es ein Parfum gewesen sein musste, denn er hatte sich schlichtweg nicht vorstellen können, dass dieser betörende und unnachahmliche Geruch von einem menschlichen Körper ausgehen konnte. Doch diese Einschätzung hatte er gefällt, bevor er sie näher kennengelernt und noch nicht gewusst hatte, dass es, wenn es einen solchen gäbe, es mit Sicherheit der ihre sein musste.

Oft saßen sie zu zweit auf dem Sofa und blickten gemeinsam durch die riesigen Dachfenster in den Nachthimmel, der über ihnen lag. Bevor er KidKad kennengelernt hatte, hatte er die Schönheit dieses Phänomens der Natur niemals richtig verstanden, doch dank ihr konnte er es plötzlich mehr als nur nachvollziehen. Als er zum ersten Mal neben ihr gesessen und Richtung Nachthimmel geblickt hatte, hatte er begriffen, dass jeder einzelne leuchtende Stern ein Teil dieser unbeschreiblichen Schönheit ist und es ihr Zusammenspiel ist, das auf seine Weise pure Perfektion verkörpert.

Wenn sie sich auf diesem Sofa befanden, war er wie ein offenes Buch, verletzlich und verwundbar. Doch war es ihm egal, denn er wusste, bei ihr und unter dem Schutz des Nachthimmels konnte er sein, wer er war, und jede noch so kleine Berührung von ihr war wie ein Pflaster für die vielen kleinen Wunden in seiner Seele.

Er hatte sich so sehr nach diesen Berührungen gesehnt und war immer wieder überrascht, wie gepflegt, weich und sanft ihre Hände waren, obwohl sie doch den ganzen Tag mit Werkzeug und Holz hantierte. Auch sie erzählte ihm immer mehr aus ihrem von Schwermut und Lasten geprägten Leben und so teilten sie sich in der Stille der Nacht die Einsamkeit und die Gedanken an das Schreckliche und Schmerzliche der Welt.

Wieder waren einige Wochen vergangen und die Berührungen wurden mehr. Anfangs hatte er noch jede Einzelne in sich aufgesaugt, selbst wenn sich ihre Hände nur kurz berührt hatten, während er ihr das Feuerzeug gereicht oder sie sich zur Verabschiedung umarmt hatten. Doch mit jedem

Wiedersehen waren die Umarmungen ein Stück inniger und einen Hauch länger geworden und irgendwann war nicht einmal mehr ein Feuerzeug von Nöten gewesen, um ihre Hand berühren zu dürfen.

Bis zum heutigen Tag wusste er noch genau, wie seine Hand in jenem Moment gezittert hatte, als er ihr langsam eine Strähne ihrer dunklen Haare aus dem Gesicht gestrichen und ihr dabei tief in die Augen geblickt hatte, während sich ihre Gesichter langsam nähergekommen waren. Ihre Lippen fühlten sich in dem Augenblick, in dem sie sich endlich trafen, noch weicher und zarter an, als es stets ihre Hände getan hatten. Das Zittern in seiner Hand war einem Beben in seinem ganzen Körper gewichen, als sich die zarten Berührungen innerhalb von wenigen Augenblicken zu innigen Küssen entwickelt hatten.

Eigentlich waren diese Momente schon mehr, als er es sich jemals erträumen hätte können, doch wiederum einige Zeit später war aus der Couch das Bett geworden. Es war die Nacht nach einem der ersten heißen Sommertage, als sie sich zum ersten Mal gemeinsam in dieses legten. Die Luft war drückend und eine Kerze im Zimmer war dafür zuständig, ihnen ein wenig Licht zu spenden.

Die heißen Temperaturen sorgten dafür, dass sie nur leicht bekleidet waren. Er begann damit, liebevoll über die vielen Muttermale, die auf ihrem Körper verteilt waren, zu streichen und folgte den behutsamen Bewegungen mit seinen Augen.

„Was machst du da?", hatte ihn KidKad auf einmal mit spürbarer Besorgnis in der Stimme gefragt.

„Nichts", war er erstaunt, ob ihrer plötzlichen Reaktion gewesen. „Ich bewundere nur dich und deinen Körper."

„Die Muttermale", hatte sie damit begonnen das letzte Geheimnis zu lüften, welches sie noch nicht voneinander wussten. „Mein Vater ... Er wollte immer, dass ich sie entfernen lasse. Er hat es mir mein Leben lang eingeredet ... Als ich jünger war, meinte er ständig, sie sehen schrecklich aus, und er hat gesagt, irgendwann, da wird er sie mir alle entfernen lassen. Ich wollte das nie und es war einer der vielen Gründe, warum ich abgehauen bin, aber wenn ich ehrlich bin, dann verfolgt es mich bis heute ... Und jetzt, jetzt begutachtest du sie so ... Stören sie dich etwa?"

Als er diese Frage gehört hatte, konnte er nicht anders, als lauthals loszulachen.

„Warum lachst du?", war KidKad sichtlich verunsichert und er bemerkte, wie ihr Tränen in die Augen stiegen und langsam begannen ihre Wange hinunter zu kullern.

„Es tut mir leid", antwortete er mit sanfter Stimme und hörte auf zu lachen. „Ich konnte leider nichts anderes tun, als zu lachen." Behutsam wischte er ihr die Tränen von den Wangen und sah zuerst auf den Schönheitsfleck auf ihrer Wange und ihr anschließend aufrichtig in die Augen. Er lächelte sie an und flüsterte ihr liebevoll zu: „Sag mir, was bleibt mir denn übrig, außer zu lachen, bei so viel Blindheit und Ignoranz dem Schönen gegenüber ... Du fragst mich, ob sie mich stören? Und ich sage dir mit allem an Ehrlichkeit, was ich habe, nein, das tun sie nicht! Sie verzaubern mich sogar, das tun sie ... Jedes einzelne von ihnen verzaubert mich, weil jedes einzelne ein Teil von dir ist. Also versprich mir bitte, dir niemals wieder diese Frage zu stellen. Oder sag mir, was wäre der Nachthimmel ohne die Sterne?"

Als Reaktion küsste KidKad ihn leidenschaftlich und innig. Sie stieß ihn sanft zur Seite und gab ihm eine schönere Antwort, als er es sich jemals ausmalen hätte können. Langsam zog sie sich die restlichen an ihrem Körper verbliebenen Kleidungsstücke aus und lag nun völlig unbekleidet in ihrer ganzen Schönheit vor ihm.

Das spärliche Kerzenlicht tauchte das Zimmer und ihren Körper in einen zauberhaften Glanz, als er sich ihr wieder vorsichtig näherte. Sie duftete so wundervoll, als sie ihre Beine um seine Hüfte schlang, ihm neuerlich einen leidenschaftlichen

Kuss schenkte und ihm mit rhythmischen Hüftbewegungen zu verstehen gab, dass sie heute Nacht mehr wollte. Angezogen von der körperlichen und noch mehr von der geistigen Nähe ging er auf ihr Angebot ein, gab sich ihr hin und gehörte nun allein ihr.

Einige Minuten später lag er verausgabt auf seinem Rücken, hielt KidKad in seinen Armen und atmete etwas schwer. Sie lag mit ihrem Kopf auf seiner Brust und das Zimmer roch so wunderbar nach ihrem Schweiß. Nun hatten sie sich endgültig alles gegeben, was sie miteinander teilen konnten.

Sowohl geistig als auch körperlich hatten sie keinerlei Geheimnisse mehr voreinander und er war verletzlicher und verwundbarer als jemals zuvor. Doch das Heilmittel gegen alles Schmerzliche und Schreckliche auf dieser Welt lag hier bei ihm direkt in seinen Armen, weshalb ihn dieser Umstand keine Sekunde lang störte. Als sie so auf seiner Brust lag und er nichts mehr wahrnahm außer ihre gemeinsame Welt, die nur bis ans Ende des Bettes reichte, verlor er sich in ihren wunderschönen Augen und sah darin eine Welt voller Güte, Glück und Zufriedenheit.

Damals hatte er noch nicht gewusst, dass es der schönste Moment gewesen war, den er jemals in seinem Leben erleben sollte, doch hatte er gewusst, dass es der Schönste bis dahin gewesen war.

Verbunden durch die Einsamkeit lagen sie eng um-
schlungen da, nur umgeben von der angenehmen
Stille der Nacht. Zwei verlorenen Seelen, die zu einer geworden waren und die nichts und niemanden
zu fürchten brauchten, denn sie hatten einander.

„Ein Teil von mir wird für immer dir gehören", dachte
er sich, bevor die angenehme Stille durch das laute
Prasseln des einsetzenden Regens durchbrochen
wurde und ihn in die Realität zurückbrachte.

Es sollten noch viele dieser Momente folgen, die sie
gemeinsam in der Stille der Nacht erlebten und jedes Mal aufs Neue dachte er dasselbe. Doch wie aus
dem Nichts waren die Momente plötzlich Geschichte, denn von heute auf morgen hatte KidKad
entschieden, dass es diese nicht mehr geben sollte.

Trotzdem hatte er ihr diese Entscheidung keinen
einzigen Moment lang übelgenommen oder war ihr
deswegen böse gewesen. Viel eher war er bis heute
wütend auf sich selbst. Denn er hatte sich die
Worte zwar unzählige Male gedacht, gesagt hatte er
sie ihr jedoch keine einziges Mal. Das was von ihrer
gemeinsamen Zeit übriggeblieben war, war die für
ihn so quälende Frage, ob er einen solchen Moment
mit ihr zumindest noch ein einziges letztes Mal erleben dürfte.

Diese Frage stellte er sich seitdem so gut wie jede
Nacht, wenn er von Schweiß getränkt aufwachte

und ihm die nie ausgesprochenen Worte „*Ein Teil von mir wird für immer dir gehören*" in den Sinn kamen. Zugleich waren es auch jene Momente, in denen einen Wimpernschlag lang der sogleich schnell weggedrückte und somit sofort wieder vergessene Schmerz in ihm aufflackerte. Er hatte niemanden mehr, mit dem er seinen Schmerz teilen konnte, seit dem Abend des Blutmondes vor ein paar Jahren, als er KidKads Nachricht erhielt, in der stand, er solle zu Sonja fahren. Dort würde sich alles aufklären, da sie eine Lösung für ihr gemeinsames Problem gefunden hätte. Er war sofort los geeilt und bereits am Weg dorthin hatte er ein ungutes Gefühl verspürt.

Die Nacht hatte bereits eingesetzt, als er bei Sonjas Blockhütte angekommen war, in der sie alle drei gemeinsam so manch einen schönen Sommertag verbracht hatten. Mit geschocktem, ernstem Gesichtsausdruck hatte Sonja ihm vor der Hütte stehend einen handgeschriebenen Brief überreicht und dabei mit den Tränen gekämpft.

Die Zeilen, die er in dem spärlichen Licht des am Himmel stehenden Blutmondes zu Gesicht bekommen hatte, verursachten geradezu eine Implosion in ihm und lösten eine lähmende Starre aus, die bis zum heutigen Tag anhielt. Der Inhalt des Briefs war nichts weniger als die Begründung dafür, weshalb er KidKad nie wieder sehen könnte und weshalb sie keinen anderen Ausweg gesehen hatte.

Was er in diesem Moment noch nicht gewusst hatte, war, dass es ebenfalls das letzte Mal war, dass er Sonja sehen würde. Er hatte ihr das Schriftstück in die Hand gedrückt und bevor er sich umgedreht hatte, gegangen und bis zum heutigen Tag nicht dorthin zurückgekehrt war, hatte er zwar die von ihr gesprochenen Worte wahrgenommen, jedoch auch den Blick, den sie ihm zugeworfen hatte, wiedererkannt. Dieser hatte nicht zu dem gepasst, was aus ihrem Mund gekommen war.

Als Sonja den Blick dann schließlich von ihm abgewendet hatte, war er ruhig geblieben, hatte gequält gelächelt, geschwiegen und sich auf den Weg gemacht.

Ein paar Monate später war dann der Zeitpunkt des 'Umbruchs' gekommen, dessen Datum heute ein staatlicher Feiertag war, da der 'Umbruch' an jenem Tag von der Regierung feierlich verkündet und zum ersten Mal offiziell so benannt wurde.

Letztlich war dieses Datum vor ein paar Jahren nichts anderes gewesen, als jener Tag im Parlament, als die Regierung mit einer Abstimmung die Opposition mundtot und handlungsunfähig gemacht hatte. Seitdem gab es keine parlamentarischen Abstimmungen mehr, weshalb es seitdem auch keine Mehrheiten mehr benötigte, um politische und rechtliche Entscheidungen zu treffen. Es hatte geheißen, es sei ein guter Tag für die

Demokratie, da die Regierung dadurch handlungsfähiger wäre und der Fortschritt nicht mehr blockiert werden könnte. Da weiterhin alle vier Jahre eine Wahl stattfinden werde, wäre es eine neue bessere Form der Demokratie, hatte es geheißen. Wenn das Volk das nicht so sehen sollte, werde bei der nächsten Wahl jemand anderes gewählt werden, der diese Entscheidung rückgängig machen könnte, war das zweite Argument.

Die zwei Drittel der Abgeordneten, die dafür gestimmt hatten, feierten diesen glorreichen Tag, sich selbst und wohl auch die Macht, von der sie geglaubt hatten, sie nun zu besitzen. Dass es seit diesem Tag keine Wahl mehr gegeben hatte und dass viele Sachen entschieden wurden, die nicht einmal Mehrheiten in der eigenen Partei, geschweige denn im Parlament gehabt hätten, hatten die vom Rausch der Macht betäubten Abgeordneten damals nicht kommen sehen. Heute konnten sie sich wenigstens mit ihrem erhöhten Abgeordnetengehalt trösten oder mit einem Posten in einer von Richard Scheinschmids Firmen.

Ob sich die besagte Zwei-Drittel-Mehrheit damals ohne Scheinschmids Spenden und seine aggressiven sowie mit Drohungen gespickten Wahlempfehlungen ausgegangen wäre, wurde zumindest hinter vorgehaltener Hand stark angezweifelt. Der Volkskanzler hatte es eilig, bald danach einige von Scheinschmid gewünschten Gesetze neu zu erlassen oder bestehende gemäß Scheinschmids Vorstellungen zu ändern, bei denen klar war, dass es schwierig bis unmöglich gewesen wäre, die bis zum 'Umbruch' notwendigen parlamentarischen Mehrheiten zu finden.

Neben augenscheinlichen Gesetzen, die eindeutig halfen, seine schon damals existierende Monopolstellung am Lebensmittelmarkt noch weiter zu manifestieren, gab es andere Gesetze, von denen man nicht wirklich wusste, weshalb sie so wichtig für Scheinschmid waren. Diese betrafen vor allem den Forschungsbereich.

Beispielsweise im Bereich der ethischen Vorgaben für Gentechnik oder auch neue gelockerte Vorgaben im Bereich der experimentellen Neurochirurgie. Ab dem Zeitpunkt konnte bei jedem Menschen, der sich freiwillig meldete, im Gehirn herumgepfuscht werden und es gab Stimmen, die behaupteten, dass es damals schon möglich war, das Gehirn eines Menschen zu löschen und mit neuen Inhalten zu füttern, sodass praktisch ein neuer Mensch in einem bereits vorhandenen Körper entstand.

Einige Monate später wurde das Gesetz wieder zurückgezogen, sodass dieses Worst-Case-Szenario nicht mehr möglich war. Das hatte Kritiker sowie einige Abgeordnete, die sich übergangen gefühlt hatten, besänftigt. Es war ein anschauliches Exempel für jene Gesetze gewesen, die im alten System niemals auch nur den Ansatz einer Mehrheit gefunden hätten.

Der Vorgang dabei war ein ebenso gutes Beispiel dafür, wie Scheinschmid und der Volkskanzler agierten. Wie sie manchmal - jedenfalls war das nicht selten der Eindruck der dabei entstand - scheinbar aus Spaß etwas Schreckliches beschlossen, nur um es später zurückzunehmen oder zu ändern. Am Ende wurden sie dann als die Einsichtigen und Guten wahrgenommen, da sie schließlich doch einlenkten, was dabei half, den Schein der Demokratie aufrechtzuerhalten.

Im Heute blieb zu hoffen, dass die Kuppel ein weiteres Beispiel dafür sein würde. Wobei bei dieser eigentlich zu deutlich zu erkennen war, was für Vorteile sie Scheinschmid und dem Volkskanzler bringen sollte. Deshalb war davon auszugehen, dass dem nicht so war.

„Dieses Gehabe ist wie eine Goldlackierung. Alle sind zufrieden, solange es für den Moment golden glänzt, und wenn etwas Lack abgeht und man an einer Stelle erkennt, dass es doch kein Gold ist, lackiert man einfach darüber, damit es wieder blendend funkelt und glänzt. Es reicht den Menschen, wenn es nach außen hin so aussieht, und es spielt für sie keine Rolle, was der Kern ist. Mehr Schein als Sein ...", war sein damaliges Resümee zu dieser und einigen weiteren Strategien der sich an der Macht

Befindlichen gewesen. Doch es hatte keine Rolle mehr für ihn gespielt, denn zu diesem Zeitpunkt wusste er bereits wieder, dass die Welt nun einmal so funktionierte.

Nico Robin war an jenem Tag der offiziellen Verkündigung des 'Umbruchs' ganz aufgeregt in sein Zimmer gestürmt und hatte ihm ihren Laptop unter die Nase gehalten, auf dem eine Nachrichtenseite geöffnet war. Ihre Stimme hatte sich vor Aufregung, Wut und wahrscheinlich auch ein wenig Furcht beinahe überschlagen, als sie verzweifelt versucht hatte, ihm näher zu bringen, was das bedeuten werde. Er hatte Nico Robin angesehen, war ruhig geblieben, hatte gequält gelächelt und geschwiegen. Und diese Verhaltensweise hatte er bis heute nicht abgelegt. Bald darauf hatte er zum ersten Mal einen Anfall durchzustehen.

Er hatte noch Brot geholt und schon während des Einkaufs ein mulmiges Gefühl verspürt. Als er danach aus der kleinen Bäckerei in der Nähe seiner Wohnung getreten war, wurde es schlimmer.

Er sah, wie zwei Uniformierte eine junge Mutter und ihr Kind kontrollierten, und als das Kind nicht so ruhig war, wie es die zwei Beamten gerne gehabt hätten, fühlte sich einer der beiden bemüßigt, das Kind lautstark und grob zurechtzuweisen. Der Griff an den Oberarm des Kindes nahm er damals als brutal, gewaltsam und doch auch seltsam vertraut wahr.

Die Mutter des Kindes hatte die Situation ähnlich wahrgenommen wie er, denn sie stellte sich schützend vor ihr Kind und flehte die Polizisten verzweifelt an, diesen Umgang zu unterlassen. Die Antwort von einem der beiden war eine kräftige Ohrfeige ins Gesicht der Frau und während diese auf dem Boden liegend verzweifelt schrie und zitterte, zerrte der andere Uniformierte das Kind in das danebenstehende Polizeiauto und fuhr davon.

Diese Situation ließ eine ungeheure Unruhe in ihm entstehen, doch er wusste, dass er nicht helfen konnte und ein Eingreifen alles nur schlimmer gemacht hätte. Er drückte den Impuls weg, der ihm wohl geraten hätte, sich einzumischen, und steuerte schon beinahe wie auf Autopilot sein zu Hause an. Der Weg führte ihn direkt an dem sich abspielenden Szenario vorbei und er konnte vernehmen, wie der Polizist, der die Hand gegen die Mutter erhoben hatte, sie fragte, ob sie eine Anzeige wegen „Widerstand gegen die Staatsgewalt" erhalten möchte.

Wenn sie das nicht wolle, solle sie aufhören, so empfindlich zu sein und sich zusammenreißen. Sie würden das Kind mit auf das Revier nehmen, es dort für ein paar Stunden einsperren, damit es lerne, was es zur Folge hätte, wenn man sich so respektlos gegenüber der Polizei verhalte und es anschließend zur Mutter zurückbringen. Falls sie sich jedoch weiterhin so benehmen sollte, könnten sie sie ebenfalls mitnehmen und wegen ihrer „Straftat" mindestens für eine Nacht in Gewahrsam behalten. Das hätte zur Folge, dass sie das Kind den dafür zuständigen Behörden melden und übergeben müssten.

Er hatte den Fehler gemacht, kurz hinzusehen. Dabei hatte er das Gesicht der Frau betrachtet, die sichtbar nicht wusste, was sie tun sollte. Sie schien mit ihren Augen verzweifelt um Hilfe zu schreien. Auch wenn ihre Augen keinen Hilfeschrei ausstoßen konnten, war ihr Blick unglaublich laut und schrill in seinen Ohren.

Er drehte sich weg und eilte mit zusammengekniffenen Augen davon, während sein Herz zu rasen begann, und war dabei bemüht sich nichts anmerken zu lassen. Wie er sofort gewusst hatte, hatte diese Mutter den Fehler begangen, nicht ruhig zu bleiben und nicht zu schweigen. Genauso war ihm klar, dass die Personen, die das Geschehene beobachtet hatten, in Zukunft nicht denselben Fehler begehen würden.

Nachdem er durch die Haustür getreten war und das Stiegenhaus betreten hatte, schaffte er es gerade noch bis in den zweiten Stock, bevor er sich gezwungenermaßen auf einer Treppe niederließ,

sein Gesicht in seinen auf den Oberschenkeln ab-
gestützten Händen vergrub und den Anfall über
sich ergehen ließ.

Es war ihm alles zu nahe gegangen. Als er am
Abend dieses Tages in seinem Bett lag und wartete,
bis ihn der Schlaf erlösen würde, wurde ihm klar,
dass er in Zukunft darauf achten musste, zu vermeiden, dass ihm das nochmal passierte.

„Ein Teil von mir wird für immer dir gehören", waren
die Worte in seinem Kopf, die ihn plötzlich aufschrecken ließen. Die Tasche, die zwischen die
Scheibe und seinen Kopf geklemmt war, fiel zu Boden.

Er brauchte einen Moment, um sich zu orientieren.
Erst nachdem er sich für einige Momente nervös
und ein wenig ängstlich umgeblickt hatte, wusste
er wieder, wo er war. Schließlich machte sich Er-
leichterung in ihm breit, als er realisierte, dass er
im Zug saß.

Mittlerweile befand sich außer ihm keine andere
Person mehr im Zugabteil. Er lehnte seinen Kopf
zurück und bemerkte, dass ihm etwas zu kalt war.
Sein T-Shirt war durchnässt und an seinen Unter-
armen hatte er Gänsehaut bekommen. Er war völlig
fertig, komplett zerknirscht und seine Unterschen-
kel fühlten sich an, als ob er einen Muskelkater
hätte.

„Ich muss wohl richtig blöd auf der Tasche gelegen sein", war seine Schlussfolgerung, als er einen dumpfen Schmerz an seinem Oberarm und ein leichtes Brennen an seinem Ohrläppchen verspürte.

Er griff nach seinem Handy und schaute auf seine Uhr. *„Scheiße, so lange noch ...",* war er frustriert, als er sah, dass es noch einige Zeit dauern würde, bis er in der Stadt ankam.

Das bedeutete auch, dass er sich genauso lange gedulden musste, bis er eine Zigarette rauchen konnte. Kurz spielte er mit dem Gedanken, sich im WC einzuschließen und sich dort eine Kippe anzuzünden. Doch es war ihm klar, dass das keine gute Idee war, denn die Chancen standen fünfzig fünfzig, dass dieses Vorhaben eine automatische Notbremsung des Zugs zur Folge hatte.

Deshalb beschloss er, es nicht zu tun und irgendwie die restliche Fahrt hinter sich zu bringen. Das wurde ihm zusätzlich durch sich mittlerweile bemerkbar machende leichten Kopfschmerzen erschwert. Es fühlte sich fast so an, als wollte ihn sein Körper dafür bestrafen, dass er zu Sonja gefahren war.

Das war nicht immer so gewesen. Es hatte eine Zeit gegeben, als eher das Gegenteil davon der Fall war. Sein Körper hatte sich sogar viel mehr ausgeruht und voller Energie angefühlt, wenn er von dort auf dem Rückweg in die Stadt gewesen war, wie ihm einfiel, als er daran zurückdachte.

„Sonja und ihre Hippiehütte ...“, musste er wehmütig schmunzeln, als er sich diesen Umstand ins Gedächtnis rief. Über viele Jahre hinweg hatte er beinahe jeden Sommer immer wieder einige Tage oder sogar Wochen dort bei ihr in der Hütte verbracht, genauso wie es andere Leute auch getan hatten.

Sonjas Türen waren stets nicht nur für all jene, die sie kannte, offen gestanden, sondern für einen jeden, mit dem sie ihre Weltanschauung teilen konnte. Er hatte sie bald, nachdem er von seinen Pflegeeltern weggezogen war, kennengelernt. Am Hauptplatz in der Stadt hatte sie ihm einen Flyer in die Hand gedrückt und ihn im Zuge dessen gebeten, eine Petition zu unterschreiben. Es war darum gegangen, sich für die Freilassung von Demonstrierenden einzusetzen, die verhaftet worden waren, als die Organisation, die die Proteste und Demonstrationen geplant und durchgeführt hatte, als eine kriminelle Vereinigung eingestuft worden war.

„Was soll daran falsch oder sogar kriminell sein, wenn sich Menschen für die Rettung des Planeten und von Menschenleben einsetzen?“, hatte Sonja ihn im Zuge dessen gefragt.

Vollster Überzeugung hatte er die Frage mit „Nichts" beantwortet. Selbst wenn er damals bereits wissen hätte müssen, dass die „richtige" Antwort darauf eine andere war.

Nach einer kurzen Unterhaltung hatte er die Petition unterschrieben und nicht gedacht, dass sich ihre Wege nochmals kreuzen würden. Doch es stellte sich heraus, dass Sonjas Verteilaktion beim Hauptplatz keine einmalige Angelegenheit war, sondern dass diese öfter stattfanden. Da er damals bereits seine Wohnung bezogen hatte und ihn sein Weg fast täglich über den Hauptplatz führte, liefen sie sich immer wieder zufällig über den Weg und irgendwann begann er, sie bewusst zu besuchen. Dabei hatte er stets zwei Flaschen Bier mitgebracht.

Aus den Bieren wurde im Laufe der Zeit Kaffee, nachdem ein Alkoholverbot für den Hauptplatz ausgesprochen worden war, um die Obdachlosen zu vertreiben. Jedenfalls war das Sonjas Meinung dazu, der man durchaus etwas abgewinnen konnte, wenn man bedachte, dass das Verbot nicht für die Tische der unzähligen Lokale galt, die überall über den Hauptplatz verteilt aufgestellt waren.

Nach einiger Zeit lud sie ihn an einem Sommertag zum ersten Mal ein, sie in ihrer Blockhütte besuchen zu kommen. Nachdem er diese erste Einladung noch abgeschlagen hatte, nahm er eine zweite ein paar Wochen später an. Er konnte sich erinnern, wie er damals einen vollgepackten Reiserucksack mit sich geschleppt hatte.

Es blieb das einzige Mal, dass er das getan hatte, denn in und um Sonjas Hütte hatte es alles gegeben, was man so benötigte, und das durfte man einfach so benutzen. Am Ende der Zeit, die man dort verbracht hatte, ließ man dann so viel Geld da, wie man selbst einschätzte, dass es dem Aufenthalt entsprochen hatte. Die meisten Besucher waren großzügig und zumeist blieb mehr übrig, als es Sonja gekostet hatte, was ihr erlaubte kontinuierlich die Ausstattung zu verbessern. Das wiederum ließ die zukünftigen Aufenthalte noch angenehmer werden.

Anfangs waren es immer sehr viele Leute gewesen, die dort anzutreffen waren, und bei den „legendären Hüttenpartys" - wie sie in Teilen der Stadt genannt wurden - waren es sogar nochmal mehr. Hin und wieder waren auch Leute dabei, die Sonja nicht einmal kannten. Aurora war eine davon gewesen, als er sie zum ersten Mal getroffen hatte.

„Du bist also einer von diesen 'Waldläufern', wie ihr euch nennt, oder?", hatte sie ihn angelacht, als sie ins Gespräch gekommen waren.

Er hatte sie mit ihrer offenen fast schon frechen Art gleich sympathisch gefunden. Außerdem hatte er damals in ihr das Potential gesehen, dass sie ebenfalls eine 'Waldläuferin' werden könnte. Im Laufe des Gesprächs war gleich herauszuhören und vor allem zu spüren, dass Aurora eine zutiefst menschliche Sichtweise auf die Welt hatte. Das war eigentlich schon genug, um ein Teil ihrer damals gar nicht so kleinen Gruppe zu werden.

Er hatte sich sogar vorgenommen, es bei einer passenden Gelegenheit Sonja vorzuschlagen, doch unglücklicherweise hatte sich das von selbst erledigt, denn jene Hüttenparty sollte die letzte gewesen sein. Als er Aurora ungefähr ein halbes Jahr später zufällig in der Stadt wieder getroffen hatte, war ihre Gruppe bereits exklusiver geworden.

Das Wiedersehen mit Aurora war trotzdem herzlich gewesen, denn sie waren sich nach wie vor sympathisch und verstanden sich gut, auch wenn sie nie ihre Telefonnummern ausgetauscht hatten. Eine Zeit lang liefen sie sich hie und da über den Weg, tranken bei diesen Gelegenheiten auch etwas miteinander, wenn es sich gerade ausging, und quatschten ganz frei von Smalltalk für ein paar Stunden. Bis diese zufälligen Zusammentreffen irgendwann nicht mehr vorkamen und er sie zum ersten Mal seit ein paar Jahren wiedersah, als sie plötzlich im Büro aufgetaucht war.

Es gab zwei Gründe dafür, warum die Hüttenpartys aufgehört hatten und ihre Gruppe exklusiver geworden war. Erstens war Sonja zu dieser Zeit bereits Mutter von Zwillingen, die damals im Grundschulalter waren. Wenn die Partys stattfanden, waren diese immer bei ihrem Vater gewesen, von dem Sonja getrennt lebte. Trotzdem verstand sie sich weiterhin gut mit diesem und war sogar mit ihm befreundet. Ab einem bestimmten Zeitpunkt war das allerdings nicht mehr möglich, was mit dem zweiten Grund einherging.

Die Zeiten und Gepflogenheiten sowie Gesetze hatten begonnen, sich langsam und schleichend zu ändern und es wurde gefährlicher für eine offene und tolerante Weltanschauung einzutreten. Selbst wenn man dabei darauf achtete, stets gewaltfreie Wege zu wählen.

Ziviler Ungehorsam, Proteste oder Demonstrationen wurden zu Begriffen des Strafgesetzbuchs und der Vater von Sonjas Kindern wurde aufgrund dessen eingesperrt. Seine Zeit im Gefängnis war gar nicht so lang gewesen, aber eine Auflage seiner Entlassung war, dass er danach seine Kinder nicht mehr sehen durfte, da er einen schlechten Einfluss auf diese ausüben könnte. Dabei war die von ihm verübte Straftat, als sie begangen wurde, noch gar nicht verboten gewesen, doch auch das rückwirkende Inkrafttreten von Gesetzen war eine der vielen kleinen schrittweisen Neuerungen der neuen Regierung, die mit Kampfabstimmungen und ohne

Diskussionen durchs Parlament gepeitscht worden waren.

Plötzlich gab es rückwirkende Verurteilungen, was einerseits dazu führte, dass bei der Auswahl von Protestformen mehr Vorsicht geboten war, und andererseits dazu, dass immer weniger Menschen bereit dazu waren, das Risiko einzugehen, bei diesen mitzumachen. Sie wussten nicht, ob sie im Nachhinein dafür eingesperrt werden könnten, obwohl sie in diesem Moment nichts Verbotenes gemacht hätten.

So verließen nach und nach immer mehr Leute die Blockhütte oder kamen im nächsten Sommer nicht mehr dorthin zurück. Er selbst kehrte jedes Jahr zurück und war zum damaligen Zeitpunkt entschlossen gewesen, das so lange zu tun, bis es diese Hütte eines Tages nicht mehr geben würde.

„Was es damals gebraucht hätte und immer noch brauchen würde, waren ehrliche Diskussionen", dachte er sich, als er an die Entwicklungen zu dieser Zeit zurückdachte. Doch er wusste, wie es bereits damals und auch heute noch war: Diskussionen gab es mehr als genug, ehrlich hingegen waren die wenigsten davon und wenn waren diese so unbedeutend, dass sie sowieso keinen Unterschied mehr ausmachten.

„Es tut mir leid, Sonja", ließ ihn Sonjas Geschichte der letzten paar Jahre nicht mehr los, genauso wie ihr Gesichtsausdruck, als sie ihm davon erzählt hatte. Es direkt von ihr zu hören war etwas anderes, als die Geschichten und Gerüchte zu vernehmen, die in der Stadt erzählt worden waren. Denn bei diesen hatte er sich noch einreden können, dass sie nicht stimmen mussten. Nun war das anders.

Auch das Schicksal von Evey bohrte sich neuerlich in sein Gewissen. Sonja hatte ihren Kindern einen Welpen geschenkt, als diese von einem Tag auf den anderen ihren Vater nicht mehr sehen durften und ihn so praktisch verloren hatten.

„Vielleicht lenkt sie das ein wenig ab", hatte sie es damals begründet und die Hündin nach einer Figur aus einem ihrer Lieblingsfilme benannt.

Ihr Plan hatte auch bestens funktioniert, denn die Zwillinge waren vernarrt in Evey gewesen, genauso wie alle anderen, die noch regelmäßig zur Hütte gekommen waren und dort ihre Zeit verbracht hatten. Erstaunlicherweise führte das aber nicht dazu, dass das Tier verzogen wurde, was wahrscheinlich auch daran lag, dass Sonja ein besonderes Auge darauf hatte. Trotz ihrer aufgeweckten und furchtlosen Art war Evey eine gut erzogene und folgsame Hündin geworden und wurde zu einer Art Maskottchen ihrer Gruppe. Dennoch waren die 'Waldläufer', wie sie sich selbst nannten, alles in allem immer weniger aktiv, da Sonja, vor allem ihrer Kinder wegen, darauf aufpasste, nicht dasselbe Schicksal zu erleiden, wie der Vater der Zwillinge.

Dieser Plan hatte eigentlich ganz gut funktioniert, auch wenn sich die Gruppe weiterhin im Schrumpfen befunden und sich praktisch nur noch auf Verteilaktionen beschränkt hatte. Wobei Verteilaktionen gegen Ende hin das falsche Wort dafür war. Im Grunde hatten sie die Flyer nur noch ausgelegt und nicht einmal mehr richtig verteilt, wobei die Inhalte weiterhin durchaus provokant und zum Teil direkt gegen die Regierung gerichtet waren.

Ungefähr zu dieser Zeit hatte er Sonja gefragt, ob es okay wäre, wenn er jemanden zur Blockhütte mitbrächte. Nachdem Sonja zuerst zögerlich war, weil sie aus Sorge um die Sicherheit der 'Waldläufer' und eben auch ihrer Kinder lieber keine neuen Gesichter mehr in der Gruppe haben wollte, war sie nach einigen Überredungsversuchen einverstanden.

„Die Schlinge zieht sich zwar immer enger zusammen, aber weil du es bist, mache ich eine Ausnahme", hatte sie ihm schließlich erklärt.

Ein paar Tage später hatte er KidKad zum ersten Mal zu der idyllischen Blockhütte mitgenommen, welche zu diesem Zeitpunkt ganz ohne die Partys und mit weniger Menschen auch wirklich als idyllisch bezeichnet werden konnte. KidKad hatte es sofort geliebt und er wusste noch genau, wie angetan sie bei ihrem ersten Besuch vom Lavendel und den Bienen war, die dieser angelockt hatte.

„Es riecht und klingt nach einer anderen schönen Welt", hatte sie gesagt, als sie darauf gewartet hatten, dass ihnen Sonja die Tür öffnete. Ähnliche Worte hatte KidKad noch häufiger von sich gegeben und dass sie diese durchaus ernst gemeint hatte, war auch daran zu erkennen gewesen, dass sie am Ende ganze drei Wochen mit ihm dortgeblieben war – und das obwohl sie ursprünglich nur für ein Wochenende zugesagt hatte.

So kam es, dass diese drei Wochen für die nächsten drei Jahre jene Wochen waren, in denen KidKad und er sich auch untertags sahen. Ansonsten war sie nahezu pausenlos beschäftigt gewesen, weil sie ihre Arbeit so gut wie nie ruhen ließ. Zwischen KidKad und Sonja entstand innerhalb kürzester Zeit eine enge Freundschaft und oft richteten sie es so ein, dass sie nur zu dritt bei der Hütte waren oder an heißen Tagen am See.

Die Idee, einfach unbekleidet im See zu baden, war von KidKad ausgegangen, als die drei einmal gar nicht geplant hatten, schwimmen zu gehen. Bei der Rückkehr von einer Wanderung auf den Berg, der hinter dem See lag, waren sie an diesem vorbeigekommen und von der Hitze regelrecht dazu verleitet worden, hineinzuspringen. KidKad hatte sich einfach ihrer Kleidung entledigt und war Richtung Wasser gelaufen. Nachdem Sonja es ihr gleichgetan hatte, hatte schlussendlich auch er sich von der Ausgelassenheit und Lockerheit anstecken lassen und war nackt in den See gesprungen. Aufgrund seines anfänglichen Zögerns hatte es dazu allerdings einige motivierende und gerufene Aufforderungen der zwei Frauen gebraucht.

So wurde aus einem zufälligen Ereignis eine gemeinsame Tradition, beim Besuch des Sees auf die Schwimmbekleidung zu verzichten. Es war wie ein unsichtbares Band der Freiheit, der Würde und des Vertrauens zwischen ihnen, das dadurch entstanden war. Mit jedem Mal, wenn sie es wiederholten, wurde dieses Band fester.

„Vielleicht sollten wir Sonja mal fragen, ob sie Lust hätte, mit uns das Bett zu teilen?", hatte KidKad sogar einmal gescherzt, als sie im dritten Jahr nach ihrem Sommerausflug zur Hütte zurück in der Stadt angekommen waren, und ließ ihn damit sprachlos zurück, weil er nicht sagen konnte, ob es tatsächlich nur ein Scherz gewesen war.

„So wie ich KidKad kenne, werde ich das schon noch früh genug erfahren", hatte er sich gedacht und war neugierig auf die Antwort gewesen, selbst wenn er gar nicht wusste, ob er das überhaupt gewollt hätte.

Was er in diesem Augenblick noch nicht ahnte, war, dass er keine Antwort mehr auf diese Frage erhalten würde, genau so wenig wie auf die vielen anderen Fragen, die er noch an KidKad gehabt hätte.

Er schnaufte tief durch und griff nach seinem Handy, um die Uhrzeit zu checken. Wahrscheinlich hoffte er, dass die Uhr ihn von den Erinnerungen erlösen würde, indem sie ihm zu verstehen gab, dass er den Zug gleich verlassen müsste. Doch diesen Gefallen tat sie ihm nicht und ihm wurde klar, dass der in Gang gesetzte Strudel seiner Erinnerungen nicht stoppen würde, egal mit viel Anstrengung er es versuchte. Er war immer noch zerknirscht und vom unruhigen Schlaf zuvor wie erschlagen, was nicht unbedingt die besten Voraussetzungen waren, um es mit 'viel Anstrengung' zu versuchen.

„Wieso habe ich es gemacht? Warum habe ich es nicht einfach sein lassen? Wieso war ich so blöd? Warum habe ich es damals nicht schon kapiert?", leiteten die Fragen, die er sich in den vergangenen Jahren so oft gestellt hatte, die für ihn wohl grausamste und quälendste Gedankenspirale ein, in der er sich immer wieder verlor, wenngleich es von Jahr zu Jahr weniger geworden war.

Bevor KidKad und er in jenem dritten Jahr zur Blockhütte aufgebrochen waren, hatte er sie in ihrer kleinen Werkstatt abgeholt. Als er dort eingetroffen war, war sie in ein Gespräch mit einem

Kunden vertieft gewesen. Dieser war anscheinend nicht mit dem Ergebnis seiner in Auftrag gegebenen Bestellung einverstanden gewesen.

Es war eine hitzige Diskussion im Gange, die er mit einigem Sicherheitsabstand verfolgt hatte, ohne dabei jemals mit dem Gedanken gespielt zu haben, sich einzumischen, denn er hatte gewusst, dass sich KidKad sehr gut selbst zur Wehr setzen konnte. Selbst bei einer handgreiflichen Auseinandersetzung wären ihre Chancen, aus dieser siegreich hervorzugehen, weit größer gewesen als seine. Soweit kam es dann aber erwartbarer weise gar nicht, denn nach einigen Minuten hatte der Kunde mitsamt seiner Bestellung die Werkstatt verlassen. KidKad war sichtlich aufgebracht und frustriert und trotzdem hatte sie diese einfach ausgehändigt, ohne eine Bezahlung dafür zu verlangen.

„Sonst hätte ich es noch ändern oder neu machen müssen", hatte KidKad ihm danach, ganz ohne Wut im Bauch, ihre Beweggründe erklärt. „Und das wäre es mir nicht wert gewesen, deshalb Zeit von unserer Sommerfrische zu opfern."

„Was für ein Arsch! Die Figur hat doch super ausgesehen, da hätte er wenigstens ein bisschen Geld dalassen können oder die drei Wochen warten, bis du wieder arbeitest", hatte er mürrisch geantwortet.

„Ja, sie hat wirklich gut ausgesehen und es war schon eine Menge Arbeit", hatte KidKad dem Anschein nach eher frustriert als wütend erklärt und dabei festgestellt: „Es kommt mir fast so vor, als würde das langsam so eine neue Angewohnheit der Leute werden. Etwas bestellen und dann unzufrieden damit sein und behaupten, sie hätten etwas anderes gewollt. Das ist schon immer wieder einmal vorgekommen, dann hat man darüber geredet, es sich ausgemacht und am Ende hat es gepasst. Aber jetzt passiert das immer häufiger und es macht den Eindruck, als würden es viele absichtlich tun, um schlussendlich etwas gratis zu bekommen. Ich tue mich einfach schwer zu beurteilen, ob die Unzufriedenheit echt ist oder nicht, und das nervt ... Bei dem Typ war ich mir zum Beispiel sicher, dass er es genau so wollte, wie ich es gemacht habe, und dann macht er so einen Aufstand ... Und ich schenke es ihm dann noch."

KidKad war der Frust weiterhin anzumerken, doch als sie ihren kleinen, mit dem Nötigsten gepackten Reisekoffer in der Ecke stehen gesehen hatte, änderte sich ihre Gemütslage augenblicklich und sie begann zu strahlen.

„Egal, um das alles kann ich mir dann Gedanken machen, wenn ich zurück bin", war sie von einem Moment auf den anderen positiv gestimmt. „Ich sperre hinten noch alles ab und komme dann raus. Wartest du vorne draußen auf mich? Ach ja, und nimm bitte meinen Koffer mit!", gab sie ihm mehr Anweisungen, als zu fragen, und drückte ihm freudig einen dicken Kuss auf die Lippen, bevor sie in den hinteren Bereich der Werkstatt verschwand.

Ohne etwas zu sagen, hatte er ihre Anweisungen befolgt und sogar schmunzeln müssen, denn es war eine von KidKads kleinen Macken in eine eigentümliche liebenswürdige Art von Dominanz und Befehlsgehabe zu rutschen, wenn sie aufgeregt oder voller Vorfreude war. Er hatte diese Seite an ihr immer gemocht und sie war bis zu einem gewissen Grad wohl sogar notwendig gewesen, wenn man einen eigenen kleinen Betrieb führte. Außerdem war es durchaus nachvollziehbar, woher sie das hatte, wenn man ihre Geschichte kannte. Was es so besonders machte, war, dass sie dabei nie ihre Freundlichkeit oder die Wertschätzung den Menschen gegenüber verlor. Das war auch der Grund, warum er in diesen Momenten stets ohne Widerrede tat, was sie von ihm verlangte.

Vor der Tür der Werkstatt angekommen hatte er sich eine Zigarette angezündet und sich in der Umgebung umgeblickt. Ein paar Meter weiter bei der Straße vor einem teuer aussehenden Auto stehend hatte er den Kunden erkannt, der zuvor noch in der Werkstatt über die kleine Holzfigur geflucht hatte, in die KidKad so viel Arbeit und, wie er wusste, auch Herzblut investiert hatte. Der Mann hatte ein

Telefon in seiner Hand und aus der Entfernung hatte dieser weder zornig noch unzufrieden gewirkt.

Er konnte sich bis heute nicht erklären, was er sich dabei gedacht hatte, und sah den Fehler mittlerweile darin, dass er wahrscheinlich gar nicht nachgedacht hatte. Jedenfalls war er neugierig gewesen, was der Mann zu erzählen hatte, und so hatte er sich diesem angenähert, bis er in Hörweite gewesen war. Der Mann war in das Telefonat vertieft und hatte ihn deshalb nicht bemerkt.

Was er zu hören bekam, hatte ihn zutiefst gestört und ebenso wütend gemacht, denn Sätze wie „Die Figur ist perfekt geworden" oder „Sie wird unserem Schatz unglaublich gut gefallen, ich kann schon seine Augen leuchten sehen" klangen nach einer Verhöhnung KidKads und der Arbeit, die sie in jedes Einzelne ihrer Werksstücke legte. Bereits in diesem Moment hatte er in der linken Hosentasche eine Faust geballt und bemerkt, wie sich in ihm ein Ärger aufzustauen begann, der mit jedem Satz, den er zu hören bekam, größer wurde.

Das Fass zum Überlaufen brachte dann aber die Aussage „Das hat super funktioniert, dann habe ich ein bisschen Radau gemacht und sie ist eingeknickt, also können wir dir jetzt von dem gesparten Geld die neuen künstlichen Fingernägel und mir die neue Stoßstange für das Auto kaufen".

Er wollte gerade ansetzen, um in KidKads Namen zu protestieren, als er von einem liebevoll klingenden „Da bist du ja, na dann lass uns starten" aufgehalten wurde und sich zu KidKad umdrehte. Der Schmatzer, den sie ihm verpasste, dauerte genau so lange, wie der Kunde gebraucht hatte, um in sein Auto einzusteigen und loszufahren. Er schaute dem Gefährt hinterher und als er das Kennzeichen ansah, wurde seine Wut sogar noch größer.

„Der Arsch hat beinhart sogar ein Wunschkennzeichen und bringt KidKad mit seinem Scheingetue um ihr hart erarbeitetes und wohlverdientes Geld", waren seine Gedanken als er auf dem Kennzeichen *„PIMP 6"* las.

„Das passt schon, lass es gut sein", hatte ihm KidKad wiederholt erklärt, nachdem er sich vor ihr über den seiner Meinung nach „Großkotz mit der hässlichen Frisur" echauffierte und ihr erzählte, was er zuvor mitgehört hatte. KidKad war zwar genauso wütend gewesen wie er, aber wollte sich deswegen trotzdem nicht ihre Reise kaputt machen lassen.

„Wenn ich nicht hingegangen wäre, hätte ich nicht gehört, was er gesagt hat und ich hätte sein Auto nicht wiedererkannt, weil ich nicht darauf geachtet hätte ...", ging er im Zug sitzend in seinem Kopf nochmal den ersten Fehler durch, den er an jenem Abend begangen hatte.

Der Zweite sollte rund eine Stunde später folgen. Bevor sie sich auf den Weg zum Bahnhof gemacht hatten, hatten KidKad und er sich ein Abendessen bei einer kleinen Imbissbude gegönnt, die nicht unbedingt für den Geschmack, aber dafür für ihre günstigen Preise bekannt war. Sein Ärger war zwar noch nicht verflogen, aber in den Hintergrund gerückt, da KidKad wohl sehr bewusst und eindrücklich damit beschäftigt gewesen war, ihm vorzuschwärmen, auf was sie sich alles freute und er ließ sich von ihrer Begeisterung anstecken.

Am Weg zum Bahnhof waren sie dabei gewesen, darüber zu diskutieren, welches neue Kunststück sie Evey beibringen könnten. Gerade als sie sich auf „eine elegante Rolle seitwärts", wie es KidKad formuliert hatte, einigten, war ihm am Straßenrand ein Auto aufgefallen, dessen Wunschkennzeichen ihm sogleich bekannt vorkam

„Komm, lass es jetzt endlich gut sein", hatte KidKad ihn beinahe schon gedrängt, einfach daran vorbeizugehen, und dabei sogar eine etwas bestimmte Tonlage gewählt. Doch irgendetwas in ihm hatte das nicht zugelassen.

„Ach, komm schon, der soll ruhig wissen, dass er sich wie ein Arsch aufgeführt hat, und das ist ja nichts Wildes", hatte er erwidert und darauf bestanden, zu dem Auto zu gehen.

Bis heute versuchte er sich selbst einzureden, dass es tatsächlich „nichts Wildes" gewesen war, was er als Nächstes getan hatte. Heute war ihm klar, dass er bereits damals wissen hätte müssen, dass es niemals um die eigene Einschätzung geht, sondern darum, wie jene, die Macht besitzen, es einschätzen und auch wer das Ziel von etwas „nicht Wildem" ist.

„Ich hätte einfach nur auf sie hören müssen ...", dachte er sich mehr im Zug kauernd als sitzend.

Er erinnerte sich, wie er ein Stück Papier in seiner Tasche gesucht hatte und noch einen letzten übrigen Flyer der 'Waldläufer' gefunden hatte. Auf die Rückseite von diesem hatte er, darauf achtend, dass es gut leserlich war, geschrieben:

„Hey du A****, es ist nicht in Ordnung, jemanden um sein Geld zu betrügen. Vielleicht findest du ja irgendwo hinter deiner Arroganz versteckt deinen Anstand wieder und beginnst für die Dienstleistungen zu zahlen, die du in Anspruch nimmst. Ansonsten musst du dich nicht wundern, wenn einmal jemand bei dir Radau machen sollte und dich der Fluch des gefallenen Engels trifft! Dann werden weder künstliche Fingernägel noch Stoßstangen eine große Hilfe sein! Liebe Grüße ein freundlicher Beobachter! PS: Diese Nachricht ist für den Großkotz mit der hässlichen Frisur bestimmt!"

Er hatte den Zettel zusammengefaltet, hinter den Scheibenwischer geklemmt und so platziert, dass dahinter im Inneren des Wagens die von KidKad gefertigte Engelsfigur aus Holz zu sehen war, die wohl eigentlich als Symbol des Schutzes gedacht war. In diesem Moment hatte er sich im Recht gesehen und es sogar als elegante Art betrachtet, diesem Typen die Meinung zu geigen. Heute sah er das gänzlich anders.

KidKad war insoweit damit einverstanden gewesen, als dass sie ihn nicht aufgehalten hatte, auch wenn sie nach wie vor der Meinung gewesen war, es wäre das Beste, es einfach gut sein zu lassen.

„Ich möchte das nicht so stehen lassen. Der Typ soll sehen, dass andere schon mitbekommen, was er tut. Mit so einem Verhalten überschreitet er Grenzen, die ihm einmal jemand aufzeigen muss. Wenn er das nächste Mal, wenn er so etwas vorhat, nur kurz daran denkt, reicht mir das schon. Wenn er es dann sogar bleiben lässt, umso besser", hatte er ihr damals erklärt und die Sache damit als erledigt betrachtet.

Heute wusste er wieder, dass es klüger war, einfach zu schweigen und es hinzunehmen, denn es liegt nicht an einem selbst, Grenzen aufzuzeigen.

„Wenn ich wenigstens an einem anderen Abend so dumm und unvorsichtig gewesen wäre ...", warf er

sich vor und ging in seinem Kopf immer wieder aufs Neue die Fehler durch und ebenso was er tun hätte müssen, um diese nicht zu begehen.

Der dritte Fehler war dann ganz einfach jener gewesen, direkt danach in den Zug zu steigen und zu Sonja in die Blockhütte zu fahren, um dort gemeinsam mit ihr und KidKad drei Wochen den Sommer zu genießen. Zu diesem Zeitpunkt hatte er gar nicht gewusst, dass er überhaupt einen einzigen Fehler begangen hatte.

Wenigstens diese drei Wochen hatten sie noch gehabt und in einer Umgebung und Gemeinschaft verbracht, in der ihre eigenen Spielregeln gegolten hatten, die nichts anderes waren als der Stoff des unsichtbaren Bands, das sie einte: Freiheit, Würde und Vertrauen.

Es waren die Spielregeln, von denen er gehofft hatte, dass sie irgendwann für alle Menschen an jedem Ort und zu jederzeit gelten könnten, und er war froh, dass diese zumindest in jenen Momenten für sie gegolten hatten. Was er da noch nicht ahnen konnte, war, dass es das letzte Mal gewesen war, denn nach ihrer Rückkehr holten ihn die Spielregeln ein, die er nur zu gut aus seiner Kindheit kannte.

Was es noch schlimmer für ihn machte, war, dass er der Grund war, weshalb sie nicht nur ihn, sondern auch KidKad und Sonja eingeholt hatten. Er hatte drei Fehler begangen und diese hatten diese fürchterlichen Regeln an jenen Ort gebracht, an dem es doch ganz anders sein sollte.

Erfahren hatte er davon in der Nacht des Blutmondes, als er bei Sonja vor der Tür stehend KidKads Brief gelesen hatte und ihm, als er ihn zu Ende gelesen hatte, das letzte Mal Tränen über die Wangen gelaufen waren. Es waren Tränen der Verzweiflung, der Schuld und wohl auch der Scham, die ihn in diesem Moment beinahe zusammenbrechen hatten lassen. Sie hatten ihn daran erinnert, dass er derjenige war, der Unglück und Leid über andere brachte, obwohl er sie doch eigentlich beschützen wollte.

Der Fluch des gefallenen Engels, war nichts Mystisches oder Unerklärliches, wie er es dem schauspielernden Kunden mit dem Wunschkennzeichen weiß machen wollte. Dieser Fluch war nichts weiter als er selbst und die einzige Möglichkeit, diesen zu brechen, war den Schmerz auszuhalten und ihn wegzudrücken, dabei schweigend gequält zu lächeln und niemanden zu nahe an sich heranzulassen.

„Man sucht sich die Einsamkeit nicht aus, man wählt sie, weil sie die einzige Möglichkeit ist, jene vor Leid und Schmerz zu bewahren, die einem am Herzen liegen", dachte er sich, als er sich langsam

erhob und dazu bereit machte, aus dem Zug auszusteigen, da dieser mit einem pfeifenden Signalton zu verstehen gab, dass er in Kürze den Zielbahnhof erreichen würde.

Am Weg durch den Waggon zu der Ausgangstür, als bereits zu spüren war, dass der Zug langsamer wurde und er schon das etwas penetrante Quietschen der Bremsen hören konnte, ging ihm der Inhalt des Briefs noch einmal durch den Kopf.

KidKad entschuldigte sich darin, dass er es auf diese Art erfahren müsste, und erklärte, warum sie den Brief Sonja gebracht hatte und nicht ihm persönlich. Sie hatte gewusst, dass er versucht hätte, sie aufzuhalten, wenn sie diesen an ihn übergeben hätte, und sie hätte sich selbst nicht getraut beim Anblick seines Gesichts.

„So wäre ich vielleicht doch noch einmal unsicher geworden", hatte sie geschrieben. Sie erklärte, dass alles sehr schnell gehen musste, sie sich sofort entscheiden hatte müssen und es deshalb keinen Platz und keine Zeit für sie gab, um unsicher zu werden. Selbst wenn es für sie den Untergang ihrer Welt bedeutete.

Noch bevor die letzten Details jener Nacht und die restlichen Worte des Briefs ihren Weg in sein Gedächtnis fanden, kam der Zug zum Stillstand. Während sich die Türen unter einem tosenden

Geräusch öffneten, sah er Sonjas Gesicht und den Ausdruck ihrer Augen vor sich. Es war kein Bild von heute als sie freundlich und gutmütig wirkte, sondern eine letzte Erinnerung an die Nacht, in der KidKad für immer fortgegangen war.

Sonjas Gesichtsausdruck war entgeistert gewesen und als er den Brief fertiggelesen hatte und danach kurz zu ihr aufgeblickt hatte, konnte er es in ihren Augen sehen.

Die Abneigung, den Hass und den Ekel, den seine Erscheinung in ihr ausgelöst haben musste, konnte er bis heute spüren. Sie hatte es mit diesem Blick zum Ausdruck gebracht, bevor sie sich, von ihm angewidert, weggedreht hatte.

Jedenfalls war das seine Interpretation des Blickes gewesen, obwohl sie damals mit ihren Worten etwas anderes behauptet hatte und das auch heute noch tat. Nämlich, dass er sich keine Vorwürfe machen müsse, es nicht seine Schuld sei und er es nicht wissen hatte können.

Er hatte es ihr damals schon nicht geglaubt und tat es heute genau so wenig. Ihre Erklärung, sie sei nur schockiert und traurig wegen KidKads Entschei-dung gewesen, reichte ihm nicht aus, denn er kannte diesen Blick. Von falscher Hoffnung geleitet hatte er eine Zeit lang geglaubt, diesen nie wieder sehen zu müssen, als er das Haus, in dem er aufgewachsen war, hinter sich gelassen hatte. Bis er schließlich von diesem eingeholt wurde.

„Sonja hat mir damals in diesem Moment gezeigt, wer ich wirklich bin, als ich es schon vergessen hatte. Und das darf mir nicht noch einmal passieren", ging es ihm durch den Kopf, während sich die Türen des Zugs öffneten.

Heute brauchte es Sonjas Blick nicht mehr. Zu vergessen, wie sich dieser angefühlt hatte, war trotzdem unmöglich, denn er warf diesen Blick mittlerweile beinahe täglich der grässlichen und widerwärtigen Gestalt zu, die er vor sich sah, wenn er in einen Spiegel blickte. Und zwar solange, bis er sich von dieser angewidert wegdrehte.

Er setzte einen Fuß auf den Bahnsteig und bevor er mit dem Zweiten ebenfalls auf diesem auftrat kreisten seine Gedanken ein letztes Mal um KidKad.

„Ein Teil von mir wird für immer ihr gehören", waren die Worte, die sein Kopf und für einen Moment auch sein schmerzerfülltes Herz ihm mitteilten.

Sobald er mit beiden Füßen am Bahnsteig stand, ließ er die Vergangenheit hinter sich in dem leeren Waggon des Zugs zurück.

Er holte sich eine Flasche Wasser bei einem Automaten, der am Bahnsteig stand, und quetschte sich, nachdem er das erledigt hatte, in einen von Linien markierten eigentlich zu kleinen Raucherbereich. Zu seinem Glück war er der Einzige, der diesen aufgesucht hatte. Als er den ersten Zug seiner Zigarette nahm, bemerkte er, dass sein T-Shirt in der immer noch vorherrschenden Hitze bereits wieder getrocknet war. Obwohl er sich ein wenig fertig und ausgelaugt fühlte, war er nicht mehr so zerknirscht wie zuvor im Zugabteil.

Das Einzige, was ihn noch an die Fahrt erinnerte, war der leicht spürbare Schmerz in seinem Oberarm und einem seiner Ohrläppchen, den er sich seiner Einschätzung nach wohl zugezogen haben musste, als er so unbequem an das Fenster gelehnt gelegen und dabei weggedöst war.

„Die Fahrt ist schneller vergangen, als ich vermutet hatte", ging es ihm durch den Kopf, als er angestrengt überlegte, an was er während der doch einige Zeit andauernden Fahrt gedacht hatte.

Es kam nicht viel außer ein kurzes emotionsloses Aufblitzen der Gesichter von Sonja und KidKad vor seinem inneren Auge. Übrig blieb der Gedanke an Aurora sowie die Frage, was KidKad zu seiner geplanten Vorgehensweise in Bezug auf sie gesagt hätte.

„Sie hat es echt geschafft", ärgerte er sich umgehend, als ihm klar wurde, dass es Sonja gelungen

war, einen Samen des Zweifels und der Unsicherheit in ihm zu säen, der anscheinend bereits keimte. *„Es ist eine Sache, wenn ich so agiere, aber steht es mir zu, über Aurora zu bestimmen, selbst wenn ich weiß, dass es besser für sie ist?"*

Er bemerkte, wie sein Kopf zu rauchen begann und wie sein Körper plötzlich unruhig wurde. Das war dann wohl das Resultat der von Sonja gesäten Zweifel und Unsicherheit, wie er für sich feststellte. Um sich abzulenken, zog er nochmal sein Mobiltelefon aus der Hosentasche und sah, dass er eine Nachricht erhalten hatte. Sie war von Captain und wie von ihr gewohnt kurz und knapp verfasst: *„Unser Gespräch: Übermorgen 14 Uhr!"*.

Anfangs war er erstaunt und auch etwas irritiert gewesen, wie sehr es Captain verstand, selbst ihre geschriebenen Nachrichten mit einem Befehlston zu unterlegen. Mittlerweile hatte er sich daran gewöhnt und in diesem konkreten Fall war er sogar froh darüber, weil er aus diesen Worten keinerlei Interpretation ihrer Stimmung oder ihrer sonstigen Erwartungen herauslesen konnte. Im Moment hätte das nur zusätzliches Wasser auf den Mühlen bedeutet, die ohnehin schon in seinem Kopf arbeiteten wie verrückt. Der angesetzte Zeitpunkt des Gesprächs gefiel ihm allerdings überhaupt nicht, denn er bedeutete, dass ebendiese Mühlen noch ausreichend Zeit hatten, um weiterzuarbeiten, bis er es endlich hinter sich gebracht hatte.

„*Warum kann es nicht einfach gleich morgen in der Früh sein?*", war er in seinem Kopf schon dabei, ein wenig zu jammern, während er „*Verstanden*" in sein Handy eintippte und an Captain schickte.

Nachdem er seine Kippe im Aschenbecher entsorgt hatte und gerade dabei war, sein Handy in die Hosentasche zu stecken, um losgehen zu können, erhielt er eine zweite Nachricht. Diese war von Nico Robin und verzögerte seinen Start. Im Gegensatz zu Captain bevorzugte sie eine etwas ausführlichere und weniger bestimmte Art der schriftlichen Kommunikation, weshalb das Lesen der Nachricht noch einige Augenblicke in Anspruch nahm.

„*Hey, wir haben leider fast kein Brot mehr zu Hause. Würde es für dich passen, wenn du am Nachhauseweg bitte noch eines mitnimmst? Ich habe das leider erst jetzt gesehen, sonst hätte ich selbst noch eines am Heimweg gekauft. Wenn es für dich ein Umweg oder ein Problem ist, könnte ich auch selbst nochmal rausgehen, aber ich habe mir gedacht, ich schreibe dir mal, wenn du noch nicht da bist. Und wenn du schon extra den Umweg in die Bäckerei gehst, kannst du dir natürlich auch gerne aussuchen, welches Brot du möchtest. Wie gesagt kannst du gerne sagen, wenn das nicht geht, und ansonsten vielen Dank! Liebe Grüße Robin*", stand darin geschrieben.

„*Captains Wortwahl wäre ,Brot ist fertig! Kauf Brot!'* *gewesen*", dachte er sich, während er sich bei

153

Robin per Textnachricht erkundigte, ob er einen Wecken Vollkornbrot kaufen solle, und danach den nun etwas geänderten Weg zu seiner Wohnung in Angriff nahm.

Er war froh, dass Robin ihm wegen des Brots geschrieben hatte, denn es gab ihm das Gefühl, wieder etwas mehr Kontrolle über sich und seinen Kopf zu haben und es lenkte ihn von den unangenehmen Gedanken ab, die zuvor in ihm herumgespukt waren. Je näher er der Bäckerei kam, desto mehr drängten sich diese Gedanken jedoch wieder in den Vordergrund und als der kleine Brotladen in Sichtweite kam, waren sie endgültig wieder da.

Es war jene Backstube, die er häufig aufsuchte, da sie sich in der Nähe seiner Wohnung befand. Jener Ort war es, von dem Scheinschmids wirtschaftlicher und gesellschaftlicher Aufstieg ausgegangen war, und scheinbar hatte dieser bis heute die Aufgabe, diesen Karrierepfad zu symbolisieren.

Im Gegensatz zu all den anderen Bäckereien, die danach hinzugekommen waren, prangte auf dieser noch in großen Lettern der Name, den sich seine verstorbene Frau ausgesucht hatte. „Yuna" war ein etwas eigentümlicher Name für eine Backstube, doch er war von besonderer Bedeutung für die verstorbene Frau Scheinschmid gewesen. Außerdem hatte sie die Meinung vertreten, dass der Geschmack und die Qualität der angebotenen Ware über den Erfolg des Betriebs entscheiden würden und nicht der Name.

Als dann allerdings weitere Filialen hinzukamen, setzte sich Richard Scheinschmid durch, der der Meinung war, dass der Name sehr wohl wichtig war und Marketing sogar wichtiger als der Geschmack und die Qualität der verkauften Produkte. Und genauso schmeckte das Brot heute. Irgendwie fad und jede Sorte beinahe gleich. Das musste man allerdings so hinnehmen, denn mittlerweile standen überall Bäckereien der B&B Company, auf denen groß und in übertrieben fetten Lettern geschrieben der Name „The Brotigy" prangte. Es gab schlicht keine Alternativen mehr, bei denen man sonst sein Brot hätte kaufen können.

Ob das nur am gelungenen Marketing und dem ins Ohr gehenden Namen oder an der aggressiven und zu Beginn finanziell doch recht risikoreichen Geschäftsstrategie lag, war schwer zu beurteilen. Vielleicht waren es am Ende auch die Kontakte und Verbindungen zu den richtigen Stellen, die Scheinschmid zweifelsohne immer besessen hatte, die ihn so erfolgreich gemacht hatten, oder es war schlicht pures Glück.

Im Endeffekt spielte es keine Rolle mehr, weil es nun mal so gekommen war. Wahrscheinlich waren alle diese Faktoren kleine Zahnrädchen, die am Ende perfekt ineinandergegriffen hatten und

Scheinschmid zu dem Mann werden ließen, der er heute war. Ein mächtiger Mann mit einem nach außen getragenen - beinahe schon zu - großen Ego, welches in manchen Momenten auch ziemlich fragil wirken konnte, was unter anderem bei offenen Androhungen oder in Machtspielchen zum Vorschein kam. In diesen Momenten war es schwer zu beurteilen, ob Kalkül dahintersteckte oder doch einfach nur das gekränkte Ego eines Mannes, der es nicht (mehr) gewohnt war, nicht das zu bekommen, was er wollte.

„Manchmal fühlt es sich so an, als wäre mein Leben auf irgendeine seltsame Weise mit ihm verbunden. Egal was ich tue oder wohin ich gehe, plötzlich taucht wieder sein Name auf ... ", dachte er sich wohl wissend, dass es vermutlich mehreren Personen so gehen musste wie ihm. Schlussendlich hatte Scheinschmid fast überall seine Finger im Spiel, wo es möglich war, überhaupt seine Finger im Spiel zu haben.

Er betrachtete das große, mit viel Text versehene Schild neben dem Eingang der Bäckerei, auf dem neben den Informationen der ersten Scheinschmid-Bäckerei und dem daraus resultierenden „Siegeszug in der Lebensmittelbranche" auch eine anscheinend von Scheinschmid selbst verfasste, auf den ersten Blick durchaus rührende Widmung an seine verstorbene Ehefrau zu finden war. Auch eine den

Worten nach liebevolle Erwähnung ihrer zwei gemeinsamen Töchter war darauf zu lesen.

„Wenn diese Worte eine Bedeutung hätten und echt wären, wenn diese Worte von Herzen kommen würden, dann würde da nicht nur 'Ehefrau' und 'Töchter' stehen, sondern auch die Namen von den dreien …", ging ihm dasselbe durch den Kopf wie jedes Mal, wenn er an dem Schild vorbei in die Backstube eintrat.

In der Bäckerei war einiges los, auch wenn sie nicht voll war. Er entschied sich wie immer, wenn diese Dienst hatte, für dieselbe Verkäuferin, selbst wenn wie an diesem Tag die aus vier Personen bestehende Warteschlange länger war als jene bei dem Verkäufer neben ihr.

„Vielleicht bin ich sogar schneller als in der anderen Schlange", dachte er sich, während er auf seinem Handy die Antwort von Robin checkte, die ihm mit einem *'Ja, super, das passt gut! Vielen, vielen Dank!',* wo auch ein *'OK'* gereicht hätte, zu verstehen gab, dass sie mit seiner Brotauswahl einverstanden war.

Immer wieder beäugte er die Personen vor und neben sich und versuchte anhand ihres Aussehens und ihrer Bewegungen festzustellen, ob er in seiner Warteschlange tatsächlich schneller sein könnte als in der anderen. Er hatte ein Talent dafür, sich immer dort anzustellen, wo man am Ende doch wieder länger brauchte.

Einmal hatte er es in einem Supermarkt sogar geschafft, länger zu brauchen, obwohl vor ihm nur ein junger Mann gestanden hatte, der lediglich drei Produkte kaufen wollte, während die Schlange daneben aus gut zehn Personen bestanden hatte. Über jedes der drei Produkte musste der junge Mann vor ihm mit dem Kassierer diskutieren und beim dritten wurde dann sogar extra die Geschäftsführung gerufen, um Klarheit über den Preis, der zu bezahlen war, zu schaffen. Als er dann schließlich mit dem Einkauf fertig war, waren bei der Kassa nebenan schon um die zwanzig Personen bedient worden.

„Bei Warteschlangen stößt die logische Mathematik an ihre Grenzen", war ihm damals klar geworden, weshalb er sich angewöhnt hatte, sich immer ganz links anzustellen, egal wie lange diese Schlange auch war.

Die Ausnahme bildete die kleine Bäckerei, in der er sich gerade befand, in der es eben keine bestimmte Seite, sondern diese Verkäuferin war, und es deshalb darauf ankam, an welcher Kassa sie zum Dienst eingeteilt war. Wie viel Zeit er durch diese Angewohnheit gespart oder verloren hatte, konnte er nicht sagen. Vom Gefühl her hatte er eindeutig mehr verloren, aber ihm war ebenso klar, dass er dieses Gefühl wahrscheinlich genauso hätte, wenn er sich angewöhnt gehabt hätte, sich immer bei der kürzesten Schlange anzustellen.

Ein Klimpern und ein kurzes erschrockenes „Ach, herrje" ganz vorne in seiner Warteschlange brachten ihm, ohne dass er hinschauen musste die Gewissheit, dass er heute wieder langsamer als bei der Kassa daneben sein würde. Einem älteren Herrn waren Teile seines Kleingelds hinuntergefallen. Da sich dessen Hoffnung, es würde auch ohne die zu Boden gefallenen Münzen reichen, um bezahlen zu können, zerschlagen hatte, nachdem die Verkäuferin mehrmals nachgezählt hatte, begab sich der ältere Herr langsam und von einem Seufzen begleitet auf die Suche nach dem verlorenen Kleingeld.

Als er es schließlich gefunden hatte, waren beim Verkäufer daneben bereits fünf Leute bedient worden. Ebenso wie die drei Personen die ursprünglich vor ihm gestanden waren, aber dann geistesgegenwärtig in die andere Warteschlange gewechselt waren.

Er selbst hatte keinen Gedanken daran verschwendet, das ebenfalls zu tun, und beobachtete die Interaktion der Verkäuferin mit dem älteren Herrn. Sie war freundlich, ließ sich ansonsten aber zu keiner Regung hinreißen.

Weder schien sie Mitleid zu haben, noch machte sie im Ansatz Anstalten, dem Herrn bei der Suche nach seinem aus der Hand gefallenen Geld zu helfen. Sie war auch kein bisschen verärgert, als dieser das Geld aufgehoben hatte und es trotzdem immer noch zu wenig war, um damit bezahlen zu können. Und sie war nicht einmal ein bisschen belustigt, als der ältere Herr dann einfach - so als er ob es schon die ganze Zeit vorgehabt hatte - mit der Bankomatkarte bezahlte.

Sie war einfach nur freundlich und teilnahmslos, beinahe schon steril, so wie sie es immer war, wenn er hier war, um Brot zu kaufen.

„Mehr Schein als Sein", dachte er sich, während der ältere Herr sich langsam in Bewegung setzte, um nach dem mit einigen Anläufen verbundenen, letztlich doch noch erfolgreichen Einkauf in der Hand die Bäckerei zu verlassen.

„Was darf es für Sie sein?", fragte die Verkäuferin nun ihn, als er ganz vorne bei der Theke angekommen war.

„Einen Wecken Vollkornbrot bitte", teilte er ihr mit und schaute ihr in die Augen, die ebenso teilnahmslos und fast schon leer wirkten.

Die weiße Arbeitskleidung, auf der „Yuna" zu lesen war, wirkte wenig herzlich und trug dazu bei, dass die Verkäuferin trotz ihrer Freundlichkeit so steril wirkte. Und da ihr Lächeln immerzu da war und in keiner Situation auch nur ein klein bisschen weniger oder mehr wurde, wirkte es aufgesetzt und unecht. Es machte beinahe den Eindruck, als wäre sie eine Puppe, und die Tatsache, dass die Haut in ihrem Gesicht und auf ihren Armen sowie Händen keinerlei Unregelmäßigkeiten oder Besonderheiten aufwiesen, verstärkten diesen Eindruck nur noch weiter.

„Mehr Schein als Sein", wiederholte er innerlich als sich die Verkäuferin umdrehte, um seine Bestellung aus dem Regal zu nehmen und in einen Papiersack zu geben.

Er atmete tief durch die Nase ein und konnte lediglich einen eigenartigen Duft wahrnehmen, der ihn mehr an ein Einkaufszentrum als an eine Bäckerei erinnerte. Der Geruch passte nicht wirklich zu diesem Laden und ließ diesen immer wieder aufs Neue fremd auf ihn wirken, auch wenn die Einrichtung und zum Teil sogar die angebotenen Waren die gleichen waren wie damals, als er jünger war und manchmal hierhergekommen war, um Brot zu kaufen.

Es fehlten die kleinen Details, wie etwa die kleine Vase, die immer an der Theke gestanden und von Frau Scheinschmid mit zu den Jahreszeiten passenden Dekorationen und Pflanzen verziert und geschmückt worden war. Damals hatte es auch noch kein Plexiglas bei der Theke und vor den Regalen, in denen das Brot aufbewahrt wurde, gegeben, weshalb man die frischgebackenen Waren riechen konnte und nicht einen aus Lüftungen einströmenden seltsamen Geruch, der einen nur dazu bringen sollte, mehr zu kaufen, als man eigentlich benötigte. Die Inneneinrichtung war auf Hochglanz gebracht worden und ganz einfach zu sauber poliert, um etwas Gemütliches oder gar Liebevolles auszustrahlen, obwohl es wie draußen am goldenen Schild angekündigt im Grunde noch genauso aussah wie damals in der kleinen Backstube 'Yuna', als diese eröffnet worden war.

„Das hier ist ein Museum und nichts weiter. Die Leute sollen denken, es ist so, wie es früher war, weil es fast noch so aussieht, aber so ist es nicht", waren seine Gedanken, während er seinen Blick nochmals im Raum umherschweifen ließ.

„Hier bitte", war es die monotone Stimme der Verkäuferin, die seinen Fokus wieder zur Theke lenkte. „Das macht dann drei neunzig."

„Stimmt so", erwiderte er. Nachdem er das Geld durch die Öffnung unter der Plexiglasscheibe hindurchgeschoben hatte, griff er nach dem eingepackten Brot und berührte währenddessen die Hand der Verkäuferin, was bei dieser jedoch keinerlei Reaktion hervorrief.

Kein rasches fast erschrockenes Wegziehen der Hand, kein schüchterner fast peinlich berührter Blick zur Seite, kein kurzes Auflachen, um die Situation aufzulockern, oder auch kein wütendes oder entsetztes Wort, was denn das solle. Es war immer dasselbe freundliche Lächeln und auch immer dieselbe Teilnahmslosigkeit in ihrem Gesicht.

„Danke", sagte er, während er noch einmal durch die Nase einatmete und nichts wahrnahm, außer den penetranten Einkaufszentrumsgeruch, sich umdrehte und langsam Richtung Ausgang ging.

„Wie eine Puppe in einem Museum", dachte er sich währenddessen und tröstete sich mit dem Gedanken, dass die Verkäuferin vielleicht ihre Lebendigkeit fand, sobald sie die Arbeitskleidung abgelegt hatte. Gleichzeitig fragte er sich, ob er denn auf andere Personen genauso wirkte, wie sie es auf ihn tat.

„Vielleicht liegt es an der Bäckerei und nicht an ihr", ging es ihm nicht zum ersten Mal durch den Kopf, als er wieder nach außen trat und sich auf den Heimweg machte.

Nach ein paar Metern stoppte er fast wie von selbst und drehte sich nochmals um. Er verspürte für einen kurzen flüchtigen Augenblick den Hauch einer beinahe wehmütigen Sehnsucht, als er noch einmal auf die Fassade der kleinen Bäckerei blickte.

„'Yuna'", las er leise nochmal das Schild, welches auf dieser angebracht war, bevor er sich endgültig umdrehte und losging.

„Yuna", ging es ihm erneut durch den Kopf. *„Wenigstens ihren Namen haben sie ihr gelassen."*

Der Weg zur Arbeit kam ihm länger vor, als das normalerweise der Fall war. Es war bereits kurz nach Mittag und erneut war es brütend heiß. Den Vormittag hatte er nicht im Büro verbracht, sondern zu Hause.

Captain hatte darauf bestanden, dass er die Überstunden, die sich während der Dienstreise in der Kuppel angesammelt hatten, genau an diesem Vormittag abbauen sollte. Abgesehen von der Tatsache, dass es ihm lieber gewesen wäre, das einmal an einem Nachmittag zu tun, war es für ihn generell kein guter Zeitpunkt gewesen, um frei und somit Zeit für sich selbst zu haben. Bereits gestern war er den ganzen Tag damit beschäftigt gewesen sich Gedanken darüber zu machen, was er Captain denn nun sagen sollte.

Das ging sogar so weit, dass er deshalb am Vortag im Büro mit Tim so gut wie kein Wort gewechselt hatte. Bei diesem war das allem Anschein nach nicht sonderlich gut angekommen, da er just an diesem Tag zur Abwechslung einmal in Redelaune gewesen war. So wie die Arbeitsbeziehung zu Tim hatte seine Nachtruhe ebenfalls gelitten und er hatte gehofft, den in der Nacht verlorenen Schlaf wenigstens am freien Vormittag nachholen zu können.

Deshalb war er anfangs trotz der Präferenz eines freien Nachmittags nicht unglücklich darüber gewesen, als Captain ihm mitgeteilt hatte, dass er am Vormittag zu Hause bleiben sollte oder viel mehr musste. Zu diesem Zeitpunkt hatte er aber auch noch nicht gewusst, dass ihm bei diesem Vorhaben sein Kopf einen Strich durch die Rechnung machen würde. Bereits um fünf Uhr Früh war er wach in seinem Bett gelegen, hatte auf die Decke gestarrt und sich selbst beim Denken zugehört.

„Du musst es einfach durchziehen, du weißt doch selbst, dass es besser für sie ist", hatte er sich immer wieder sagen gehört.

„Sonja hat recht! Es steht dir nicht zu, für sie zu entscheiden, was besser für sie ist. Das ist ihre Sache", hatte er sich dann sogleich selbst entgegnet.

Im Prinzip waren diese zwei Argumente schon alles, was ihm seit bald zwei Tagen ständig durch den Kopf gegeistert war. Die genaue Wortwahl war zwar hie und da eine andere und ab und an waren die Stimmen in seinem Kopf vehementer oder versuchten es mit einer längeren Ausführung, doch im Grunde waren es inhaltlich immer diese zwei gleichen Sätze.

Es war unglaublich anstrengend und ermüdend. Trotzdem hatte es in keinster Weise geholfen, auch nur irgendetwas zu finden, was einem erholsamen Schlaf nahekam. Stattdessen hatte es nur dazu geführt, dass er sich zu erschöpft gefühlt hatte, um zu lesen oder laufen zu gehen. Alkohol war auch keine wirkliche Option gewesen, um die Stimmen verschwinden zu lassen, denn diesbezüglich hatte ihm Captain schon einmal die Rute ins Fenster gestellt und irgendwie schien ihm das Gespräch und die Konsequenzen, die daraus entstehen konnten, zu weitreichend, um es verkatert und ohne klaren Kopf zu führen. Auch wenn er daran zweifelte, ob er seinen Kopf in dem Zustand, in dem sich dieser momentan befand, überhaupt als klar bezeichnen konnte.

„*Selbst wenn es, was die Klarheit betrifft, keinen Unterschied macht, laufe ich so wenigstens nicht Gefahr, Captain auf ihren Schreibtisch zu kotzen*", hatte er für sich wenigstens noch einen zweiten Sinn der Alkoholabstinenz vor dem Gespräch gefunden, wenn der erste schon nicht zu funktionieren schien.

Er klammerte sich weiterhin an den Gedanken, dass alles vorbei sein würde, sobald er das Gespräch mit Captain geführt hatte, und dieses ließ zu seinem Glück nicht mehr lange auf sich warten. Diese Annahme hätte ihn eigentlich beruhigen sollen, doch das tat sie nicht wirklich. Durch die ständigen Gedanken rund um Aurora hatte er keine Kapazitäten mehr frei, um sich zu überlegen, was er Captain ansonsten zur Kuppel und somit zu dem vorrangingen Grund, weshalb sie mit ihm sprechen wollte, sagen sollte. Als ob das nicht genug gewesen wäre, war da zusätzlich diese Brosche in Form einer kleinen Sonne, die ihm einiges an Sorgen bereitete, denn was er keinesfalls wollte, war, Aurora in rechtliche Schwierigkeiten zu bringen.

Sein Besuch bei Sonja und dabei selbst nochmal vor Augen geführt zu bekommen, wie es ihr ergangen war, sowie die Erinnerung an den Vater ihrer Zwillinge hatten dafür gesorgt, dass er die Überzeugung verloren hatte, Aurora könne sich durch die richtige Argumentation bei Captain vor eben diesen Schwierigkeiten bewahren.

„Egal was ich mache, egal was ich sage, es wird jedenfalls nicht gut ausgehen", war das Einzige, was ihm sicher schien.

Das machte es nicht unbedingt leichter für ihn. Er spürte eine zunehmende Unsicherheit in sich, als er an dem kleinen Park mit dem Brunnen vorbeiging und kurz zur Bank blickte, auf der ihn Aurora an ihrem ersten Arbeitstag überrascht hatte.

„Was würde KidKad zu meinem Vorhaben sagen?", schlich sich die Frage ein, die Sonja ihm erfolgreich eingeimpft hatte und die er, ohne zu zögern, beantworten konnte.

Allerdings war KidKad nicht mehr da und um Aurora vor ihrem oder Sonjas Schicksal zu bewahren, hatte er sich dieses Vorhaben doch überhaupt erst zurechtgelegt. Eine dritte Option, wie etwa dass er nichts von der Brosche sagen könnte, Aurora ihren Job weiter ausführen dürfte und es trotzdem gut ausginge, war einmal eine Sekunde lang in ihm aufgekommen. Doch dieses Szenario schien ihm zu fernab von der Realität und fühlte sich beinahe an wie eine trügerische Falle, weshalb er es sogleich aus seinen Gedanken verbannte. So blieben es die zwei Gedanken von vorhin, die wie ein zerstörerisches Pendel in seinem Geist hin und her schlugen und diesen in Geiselhaft hielten.

Als er schließlich pünktlich zum vorgesehenen Gesprächstermin im Büro ankam, war Captain zwar ebenfalls schon dort, aber noch mit einem wichtigen Telefonat beschäftigt, wie ihm Tim ohne weitere Ausführungen, jedoch auch ohne den schnippischen und beleidigten Tonfall, den er gestern gegen Ende des Arbeitstages an den Tag gelegt hatte, erklärte.

„Wenigstens muss ich mich jetzt nicht auch noch um mein Verhältnis zu Tim kümmern", war er erleichtert, dass sich Tims gestrige Gemütslage von selbst verflüchtigt hatte.

Nachdem er sich bei Tim für die Information bedankt hatte und trotz der vorigen innerlichen Feststellung nicht um ein „Nichts für ungut wegen gestern" herumkam, was Tim mit einem Nicken und Lächeln zur Kenntnis nahm, ließ er sich beim Auspacken seiner Tasche sowie dem Vorbereiten seines Arbeitsplatzes bewusst mehr Zeit als gewöhnlich. Er wollte vermeiden, dumm da sitzen zu müssen, bis Captain ihn in ihr Büro rief.

Diese extra durchgeführte Verzögerung hätte es jedoch gar nicht gebraucht, denn Captains Telefonat war schneller zu Ende als erwartet. Während er gerade dabei war, die Stifte auf seinem Tisch der Größe nach zu ordnen, was er normalerweise nie tat, hörte er ein genervt klingendes „Kommst du?!?!" aus ihrem Büro, was eindeutig an ihn adressiert war. Auch wenn er aufgrund der Tonalität der Worte nicht sagen konnte, ob es als Frage oder Befehl formuliert war.

Er schnappte sich die Unterlagen, die Aurora und er von den Eltern bei ihrem Abschiedsbesuch im Pavillon bei der weißen Villa erhalten hatten. Währenddessen blickte er noch einmal zu Tim, der ihm mit seiner Mimik zu verstehen gab, dass er Captains Tonfall, der nichts Gutes erahnen ließ, ebenfalls bemerkt hatte.

Seine Beine fühlten sich an wie Butter, als er in Captains Büro trat, und er war froh, als diese ihm sogleich mit einer Handbewegung zu verstehen gab, dass er sich hinsetzen sollte, sobald er die Tür hinter sich geschlossen hatte. Es war zumindest das, was er aus Captains ausgestrecktem Zeigefinger herauslas, mit dem sie mehrmals zwischen der Tür und dem Stuhl vor ihrem Schreibtisch hin und her fuchtelte. Da sie nichts weiter dagegen einzuwenden hatte, als er sich hinsetzte, ging er davon aus, dass er ihre Gestik richtig interpretiert hatte.

„Es ist heiß draußen ...", eröffnete er das Gespräch vorsorglich mit einer Ausrede, denn die weichen Beine, die er zuvor verspürt hatte, legten ihm die Befürchtung nahe, dass diese nur der Anfang gewesen sein könnten und der Schweiß war eines jener Symptome seiner Anfälle, die am schwierigsten zu verstecken waren. Glücklicherweise befand er sich in einem Raum, in dem es verhältnismäßig ruhig war, und es gab auch nur eine Person, auf die er sich konzentrieren musste, weshalb er hoffte, durch das Gespräch zu kommen, ohne einen solchen durchleben zu müssen.

„Aha, es ist also heiß draußen?", ging Captain hörbar genervt auf seine Bemerkung ein, um ihm sogleich im selben Tonfall zu erklären: „Das habe ich gar nicht mitbekommen, weil ich seit halb sieben hier in meinem Büro sitze und arbeite. Meine Mittagspause ist gerade einem Telefonat zum Opfer gefallen, deshalb habe ich sie hier verbracht, falls du das nicht mitbekommen hast."

„Ähm, das tut mir leid, Captain", antwortete er zögerlich, weil ihm erstens nichts Besseres einfiel und er zweitens versuchen wollte, den Fehlstart des Gesprächs zu retten.

Trotz diesem wusste er jetzt wenigstens endgültig, mit welcher Stimmung er es in den nächsten Minuten zu tun hatte. Captain nahm seine Bemerkung mit einer hochgezogenen Augenbraue zur Kenntnis, bevor sie nach einem Stift griff und sich ein Blatt Papier zurechtlegte.

„Dann wollen wir mal. Ich entscheide nach unserem Gespräch, was ich für das Protokoll in den Computer tippe und was nicht, falls du dich wegen dem Stift und dem Papier wunderst", begann Captain das Gespräch.

„Okay", war sein kurzer Kommentar dazu und er war sogar ein wenig erleichtert darüber, da ihm diese Vorgehensweise das Gefühl gab, noch etwas ausbessern zu können, falls er sich falsch ausdrücken sollte.

Das wäre prinzipiell zwar auch möglich gewesen, wenn Captain das Gespräch gleich am Computer mitgetippt hätte, aber er wusste, dass es keine Hexerei war ursprünglich eingegebene Sachen wiederherzustellen, um sich diese anzusehen. Und wenn Captain so vorsichtig vorging, war es anscheinend gar nicht unüblich, dass das von diversen Stellen so praktiziert wurde.

„Gut, dann erzähle mir mal von der Kuppel", bat ihn Captain und wirkte dabei hektisch und nervös, was sie mit dem ständig wiederholenden Drücken des Knopfs auf ihrem Kugelschreiber zum Ausdruck brachte. Das war etwas, das er so nicht von ihr kannte und noch nie bei ihr gesehen hatte.

„Wo fange ich an?", kam er sofort ins Straucheln, da er sich bekanntlich nur auf eine bestimmte Frage vorbereitet hatte und selbst auf diese hatte er immer noch keine Antwort.

„Schon gut", unterbrach ihn Captain, der sein Zögern sichtlich zu lange dauerte. „Die Frage war wahrscheinlich etwas zu weitläufig gestellt. Ich möchte nicht deine Meinung wissen oder irgendwelche Details, sondern lediglich Dinge, die für mich von Interesse sind, also ob es für mich etwas Konkretes zu tun gibt. Wie die Vorgänge dort aussehen sollen und wie dort alles aufgebaut ist, weiß ich schon aus den Plänen und Berichten, die ich dazu bekommen habe."

„Okay, gut", antwortete er nun und war einigermaßen überrascht über Captains Sinneswandel. Es klang gar nicht nach dem, was sie während der Fahrt zu der Kuppel sowie bei der Ankunft dort von sich gegeben und im Prinzip sogar von ihnen eingefordert hatte.

„Naja, die Mutter und der Vater hatten sehr konkrete Bitten, was die Lebenslaufprognosen betrifft. Ich habe ihnen gesagt, dass es das Beste ist, wenn sie in dieser Sache direkt mit dir sprechen", erzählte er von der Sache, in die ihre Abteilung direkt involviert war und von der die Eltern wollten, dass sie ihren Vorstellungen nach angepasst wird.

„Du meinst Tanja und Janosch?", hielt Captain mit einem süffisanten Lächeln fest, während er die Visitenkarten der Eltern in den aus der Kuppel mitgebrachten Unterlagen suchte.

„Ja, genau die meine ich", sagte er, als er ihr die Visitenkarte hinüberschob und am liebsten ein süffisantes „Kathryn" an das Ende des Satzes gehängt hätte, was er sich allerdings gerade noch rechtzeitig verkniff.

„Okay, ich werde das mit den Lebenslaufprognosen mit ihnen abklären. Was genau dabei rauskommt, werde ich euch dann erklären, wenn es soweit ist", teilte ihm Captain ihre geplante Vorgehensweise mit und war dabei mehr auf die Visitenkarten fokussiert als auf ihn.

„Gibt es in dem Gebäude, in dem die Kinder wohnen sollen, alles, was sie brauchen?", stellte sie gleich die nächste Frage, die nicht unbedingt mit dem gerade angesprochenen Thema zu tun hatte. Es wirkte von Minute zu Minute immer mehr so, als ob sie nicht wirklich ein Interesse an seinen Antworten hatte.

„Wie man es nimmt. Es ist noch nicht fertig und wir haben den dortigen Wohnbereich nicht gesehen, aber vom Plan und dem, was uns gezeigt wurde, deckt es die minimalen Basics ab. Also, dass es Betten sowie Sanitäranlagen geben soll und es Essen gibt, ein Klassenzimmer und auch, dass generell ein Schulunterricht geplant ist", begann er trotzdem so zu antworten, als ob er davon ausginge, dass es Captain tatsächlich interessierte.

„Ich weiß, es geht nicht um meine Meinung, aber", wollte er gerade ansetzen, um auszutesten, ob es mit Captain möglich war, zumindest einige

Standards für die Kinder in der Kuppel zu verbessern, als diese ihn unterbrach und ihm die Worte „Okay, mehr muss ich nicht wissen!" entgegenschleuderte.

„Es war auch schon ein ...", versuchte er erneut anzusetzen und wollte wenigstens von der Anwesenheit Minas in der Kuppel erzählen.

„Mehr muss ich nicht wissen, habe ich gesagt!", ließ ihn Captain mit Nachdruck und einer gewissen Schärfe in ihrem Ton seinen Satz erneut nicht zu Ende sprechen.

Er gab auf, versuchte erst gar nicht mehr zu antworten und wunderte sich über Captains Verhalten. Er wusste zwar, dass sie manchmal so sein konnte, aber heute hatte er überhaupt nicht damit gerechnet. Gewöhnlich waren diese Gespräche unter vier Augen jene Momente, in denen sie ihr Verhalten und ihre Ausdrucksweise eher in eine freundlichere und großzügigere Richtung änderte. Heute war das genaue Gegenteil der Fall.

„Zum Glück hab ich mir vorhin das Kathryn verkniffen", dachte er sich, während er sich vorstellte, wie Captain ihn vom Balkon geworfen hätte, wenn er es wirklich ausgesprochen hätte.

„Entschuldige bitte", war Captain anscheinend plötzlich aufgefallen, dass ihm ihr Verhalten merkwürdig vorkommen musste. „Ich bin heute wohl ein wenig gereizt ... Wie gesagt hatte ich keine Mittagspause und deshalb auch noch nichts zu essen. Deshalb möchte ich das Gespräch gern so kurz wie möglich halten. Ich habe, seit ich euch dorthin gefahren habe, doch noch alles erfahren, was ich wissen musste und wollte. Deshalb benötigt es diese ganzen Details nicht mehr. Ich brauche nur die Informationen, die direkt mich betreffen und bei denen ich etwas tun sollte. So wie diese Sache mit den Lebenslaufprognosen", versuchte sie sich zu erklären.

„Wenn das so ist, gibt es ansonsten nichts weiter zu erzählen", antwortete er, nachdem er für sich eingeschätzt hatte, dass Captain anscheinend sowieso nichts unternehmen würde, um etwaige Veränderungen in der Kuppel voranzutreiben.

Selbst wenn er sich eine andere Reaktion von Captain gewünscht hätte, war er über diese Tatsache weder verwundert noch enttäuscht. Im Grunde war es nur die Bestätigung für das, was er ohnehin bereits vorher gewusst hatte. Nun konnte er sich wenigstens die Mühe sparen, erfolglos zu versuchen, Einfluss auf etwas zu nehmen, das schon in Stein gemeißelt war.

Captains Verhalten abseits dieser Sache verwunderte ihn allerdings weiterhin. Denn auch wenn sie nichts dagegen unternehmen wollte, hätte er doch damit gerechnet, dass sie trotzdem alles bezüglich der Kuppel sowie alles, was er dort gesehen und gehört hatte, wissen wollte – und zwar bis ins kleinste Detail. Es überraschte ihn, dass sie sich plötzlich mit den offiziellen Plänen und Berichten zufriedengab.

„Gut, dann kannst du jetzt gehen", beendete Captain das Gespräch, ohne jemals die eine Frage gestellt zu haben, wegen der er die letzten beiden Tage neben sich gestanden war und mit der er sich letztlich sogar schon selbst gegeißelt hatte.

„Wir wollten doch wegen Aurora reden", protestierte er für seine Verhältnisse schon beinahe aufgebracht und bestimmt, obwohl seine Stimme dabei weder laut noch aufgeregt klang.

„Stimmt, das wollten wir   ", antwortete Captain, während sie den Stift zur Seite legte, das Blatt Papier, auf dem sie eigentlich nur die Worte „*angepasste Lebenslaufprognosen/Tanja und Janosch kontaktieren*" geschrieben hatte, zusammenfaltete.

„Aber das hat sich erledigt. Ich habe entschieden, dass Aurora bleibt, und ich denke nicht, dass es etwas gibt, was diese Meinung ändern könnte. Aber du kannst es gerne versuchen, wenn du das möchtest", teilte sie ihm anschließend mit.

„*Die Brosche*", war ihm augenblicklich das Argument klar, welches das einzige wäre, das Captain nach dieser Ansage in Zugzwang bringen könnte.

Obwohl er es für einen kurzen Moment vielleicht sogar wollte, brachte er dieses Wort nicht über die Lippen. Die Konsequenzen für Aurora wären völlig unberechenbar und unvorhersehbar gewesen. So wie seine Chefin sich gerade verhalten hatte, wollte er nicht riskieren, dass es am Ende auch noch von ihr abhinge, ob Aurora solche Konsequenzen drohen könnten oder nicht, wenn sie von der kleinen goldenen Sonne erfahren sollte.

„Okay, gut", sagte er stattdessen, versuchte dabei die Irritation, die er aufgrund des gesamten Gesprächs verspürte, zu verstecken und ging aus Captains Büro.

Am Weg zu seinem Schreibtisch fiel ihm auf, dass er überhaupt nicht zu schwitzen begonnen hatte. Auch das ungute weiche, fast taube Gefühl in seinen Beinen war verschwunden. Irgendwie war er sogar erleichtert darüber, dass ihm die Entscheidung bezüglich Aurora abgenommen worden war. Plötzlich fiel ihm wieder diese dritte Option ein, die er nie ernsthaft in Betracht gezogen hatte. Falls es sich bei dieser dritten Option - so wie es ihm jedenfalls sein Gefühl weismachen wollte – wirklich um eine Falle handeln sollte, war es jetzt ohnehin zu spät.

Der Nachmittag verging rasch, was wahrscheinlich auch am gefühlten Kontrast zu der Langatmigkeit der letzten beiden Tage lag. Captain hatte bald nach ihrem Gespräch die Büroräumlichkeiten verlassen und Tim und ihn darüber informiert, dass sie nach der Pause von zu Hause aus weiterarbeiten werde.

„Ich rede nie wieder mit ihr, wenn sie nicht ihre Mittagspause und ihr Mittagessen bekommen hat", hatte er sich gedacht, als sie gegangen war, und zu Tim geschaut, der im Gegensatz zu ihm nicht sonderlich verwundert über Captains Laune zu sein schien.

Als die Uhr anzeigte, dass sich der Arbeitstag dem Ende zuneigte, kramte er zwei Flaschen Bier aus seiner Tasche hervor und blickte zu Tim, mit dem er heute eigentlich genau so wenig geredet hatte wie am Vortag. Allerdings mit dem Unterschied, dass es diesmal auf Gegenseitigkeit beruht hatte.

„Das schulde ich dir", sagte er zu Tim, während er die Flaschen hochhob. „Wenn ich dich gestern richtig verstanden habe, ist sie vorgestern ja doch noch lauter geworden ..."

„Haha, ja, das war wieder was", lachte Tim, schnappte sich eine Flasche und ging auf den Balkon.

Nachdem er sich eine Zigarette gedreht hatte, folgte er seinem Arbeitskollegen nach draußen. Die Sonne war bereits dabei, hinter den hohen aneinander gereihten Wohngebäuden des in etwas Entfernung liegenden benachbarten Stadtteils zu verschwinden. Die Luft sowie der Balkon waren zwar noch aufgeheizt, doch ohne die direkte Sonneneinstrahlung war es zwar nicht unbedingt angenehm, aber immerhin auszuhalten.

Er stieß mit Tim an, nahm einen Schluck aus der Flasche und fragte anschließend: „Was war denn heute bitte mit Captain los? Wir haben zwar schon einiges von ihr gesehen und mitbekommen, aber so, wie sie heute drauf war, und das bei einem Vier-Augen-Gespräch, das war echt das nächste Level ...“

„Haha, Aurora muss sie ziemlich aus der Fassung gebracht haben", lachte Tim nicht zum ersten Mal am heutigen Tag. „Sie war heute Vormittag da und ist dann mit Captain hier raus auf den Balkon gegangen. Ich habe es zuerst nur aus den Augenwinkeln mitbekommen, aber nichts gehört oder verstanden. Als ich dann genauer geschaut habe, habe ich gesehen, wie Captain plötzlich die Fassung verloren hat. Also für ihre Verhältnisse ... Haha, das heißt, sie hat nicht geschrien oder so, sondern wild mit den Armen herumgefuchtelt und schien von der ganzen Körpersprache her aufgeregt zu sein. Ich glaube, kurz hat sie Aurora sogar ihre Hand auf den

Mund gehalten ..." Tim schien die Situation selbst noch einmal einordnen zu müssen und nahm einen Schluck Bier. „Keine Ahnung, was da los war. Ich hab echt schon gedacht, Aurora hat gekündigt oder so, was übrigens echt blöd gewesen wäre, nachdem von den anderen, von denen es geheißen hat, dass sie zu uns in die Abteilung kommen oder anscheinend sogar schon hier arbeiten sollten, nie jemand aufgetaucht ist. Oder der eine Typ, der einfach nicht mehr gekommen ist, obwohl er schon einmal da war ... Da hätte ich Captain schon verstehen können, wenn sie deswegen nervös wird."

Tim nippte neuerlich an seinem Bier und setzte seine Ausführung mit dem Fokus auf die Geschehnisse des Vormittags fort, nachdem diesem wohl selbst aufgefallen war, dass er dabei gewesen war, abzuschweifen: „Nun ja, jedenfalls war Captain ihrem Gesichtsausdruck nach zu urteilen immer noch ganz durch den Wind, als Aurora schon wieder weg war, und ich hab sie dann gefragt, ob Aurora gekündigt hat, weil das für mich irgendwie die logische Erklärung war. 'Nein, nein' hat sie nur gemeint und abgewunken. Vielleicht hat Aurora zuerst ja echt gekündigt und Captain hat es dann irgendwie geschafft, sie doch noch zu überreden, es nicht zu tun."

„Das klingt mal nach einem interessanten Vormittag ...", antwortete er beinahe übertrieben gefasst und nahm einen kräftigen Schluck aus seiner Flasche, bevor er sich seine Zigarette anzündete.

„Kein Wunder, dass Captain keine Informationen mehr von mir wollte und auf einen Zettel geschrieben hat", wurde ihm klar.

Er hatte eine beunruhigende Vermutung.

☼

Es war ein seltsames Gefühl für ihn, den Weg zu der Aussichtsplattform zur Abwechslung wieder einmal zu gehen und nicht zu laufen. Und das, obwohl er diesen schon unzählige Male im langsamen Schritttempo entlang spaziert war.

Das letzte Mal war jedoch schon einige Zeit her und jetzt hatte er den Eindruck, dass sein Gehirn den Weg in einem höheren Tempo abgespeichert hatte. Immer wieder musste er bewusst seine Schritte verlangsamen, da seine Beine fast wie von selbst zu rennen beginnen wollten. Die Umgebung wirkte beinahe fremd, da die Bäume nicht wie mittlerweile gewohnt schneller an ihm vorbeizogen.

Es war bereits dunkel, selbst wenn die Nacht noch nicht zur Gänze angebrochen war, und trotzdem hatte es noch nicht merklich abgekühlt. Der Wind, der die warme Luft herumwirbelte, rauschte durch die Wipfel der Bäume und versetzte sie in Bewegung, was die Silhouetten einiger Nadelbäume wie tanzende Waldgespenster aussehen ließ. Während er die Bewegungen beobachtete, fragte er sich, ob es vielleicht doch der Wind und seine Auswirkungen waren, die die Umgebung befremdlicher wirken ließen, und das eventuell gar nicht so sehr mit dem gewählten Tempo zu tun hatte.

Die tosenden und ab und an auch pfeifenden Geräusche, die der Wind machte, verstärkten diesen Eindruck. Der Mond spendete gerade so viel Licht, dass man ein paar Schritte weit sehen konnte. Es war eine gruselige Stimmung, in der er sich fortbewegte, und doch machte sie ihn nicht wirklich nervös oder ängstlich. Er mochte die Dunkelheit, in ihr fühlte er sich sicherer und unbeobachtet.

Mittlerweile war er schon fast an seinem Ziel angekommen und als er die dumpfen Lichter sowie die Umrisse der Aussichtsplattform erkennen konnte, wurde er trotz der Schutz bietenden Dunkelheit nervös.

„Dann bin ich mal gespannt, was sie mir zu sagen hat", dachte er sich dasselbe wie in jenem Moment, als er ihre auf einen Schmierzettel hinterlassene Nachricht gefunden hatte.

Glücklicherweise hatte ihn Tim nach dem Feierabendbier noch um einen Kaugummi gebeten. Ansonsten hätte er die Nachricht erst gefunden und gelesen, wenn es schon zu spät gewesen wäre, um die darauf vermerkte Zeit des Treffens einhalten zu können.

Obwohl er so gut wie nie an einem Kaugummi kaute, hatte er eine Packung für Notfälle in der Schublade seines Schreibtisches. Wobei er bei Notfällen ursprünglich eher an in seinem eigenen Atem riechbare Nachwirkungen vorangegangener Nächte gedacht hatte, als an etwaigen Mundgeruch seines Arbeitskollegen, wenn dieser direkt nach einem Feierabendbier zu einem Date gehen wollte. Tim hatte von der Kaugummi-Notfallpackung gewusst und eben jenen zweiten Notfall geltend gemacht.

Die Nachricht war so in seiner Schublade platziert gewesen, dass sie eigentlich nicht zu übersehen war, und auch wenn es seiner Meinung nach bessere Orte gäbe, an denen diese hinterlegt werden hätte können, wollte er den Umstand, dass er sie um ein Haar nicht erhalten hätte, nicht thematisieren.

„Sonst fragt sie noch, was ich denn überhaupt den ganzen Nachmittag im Büro gemacht habe, wenn doch meine Arbeitsunterlagen in der Schublade sind", hatte er gleich jenes Argument im Kopf, welches er sich wohl anhören müsste, wenn er einen

solchen Einwand vorbrächte. Das hätte ihn letztendlich nur unglücklich aussehen gelassen.

Deshalb hatte er danach sogar die Idee, sich bei Tim und dessen Begleitung erkenntlich zu zeigen und den beiden ein Getränk zu spendieren, falls Tim zur Abwechslung einmal mit einer Person zu einem zweiten Date gehen sollte. Immerhin war es Tim oder besser gesagt sein in dem Moment nicht gewünschter Mundgeruch, der ihn vor einem nicht sehr günstigen Eindruck bezüglich seiner Arbeitsmoral bewahrt hatte.

Im Gegensatz zu dem gewählten Versteck der Nachricht wäre ihm für die geplante Unterredung kein besserer Ort eingefallen. Trotzdem war er einigermaßen erstaunt darüber, dass sie diesen ausgewählt hatte. Immerhin hatte er ihr nur einmal und das nur so nebenbei von seinen regelmäßigen Ausflügen zur Aussichtsplattform erzählt.

In der Zwischenzeit hatte er sein Ziel erreicht und sah sich in der Gegend um, was ihm durch die angebrachten dumpf leuchtenden Laternen zwar leichter fiel als im dunklen Wald, aber trotzdem einiges an Konzentration abverlangte. Außer ihm war weit und breit keine Menschenseele zu sehen, wie er schlussendlich festgestellt hatte, nachdem er mit leicht zugekniffenen Augen auch die dunkelsten, nicht vom Laternenlicht erhellten Ecken der Plattform inspiziert hatte.

Während er wartete, blickte er immer wieder nach oben zum Himmel. Der Anblick des Mondes und der Sterne lösten eine mit Wehmut angehauchte Sehnsucht in ihm aus, die ihn beinahe in eine eigentümliche Art von Melancholie verfallen ließ. Sobald er seinen Blick wieder auf etwas anderes richtete und bemerkte, dass er im Hier und Jetzt war, verschwand diese sogleich und an ihre Stelle trat wieder die Nervosität, die in der Zwischenzeit auch mit einer spürbaren unangenehmen Anspannung verbunden war.

„Sie hat es ihr erzählt. Warum sonst diese Nachricht?", begannen mit seiner veränderten Stimmungslage nun auch wieder seine Gedanken um die Gegenwart zu kreisen.

Wie auf Zuruf hatte das eine langsam in ihm entstehende Unsicherheit zur Folge. Denn um sich auszumalen, was seine Befürchtung für Konsequenzen haben konnte, musste er nicht einmal sonderlich viele schwarzmalerische Gedanken spinnen. Zu oft hatte er selbst miterlebt, was diese sein konnten, und durch seinen Besuch bei Sonja waren sie so nah an ihm dran wie schon lange nicht mehr.

Ohne jegliche Regung in seinem Gesicht und wie gelähmt stand er da, als seine Grübelei unschöne Bilder und Erinnerungen in seinem Kopf erzeugten und er bemerkte, wie die Anspannung und Unruhe mit jedem einzelnen Bild und jeder einzelnen Erinnerung größer wurden. Gerade als er damit begann, die Augen zusammenzukneifen und die Zähne zusammenbeißen, um diesem Spuk Einhalt zu gebieten, erlösten ihn hörbare, auf ihn zukommende Schritte hinter seinem Rücken aus seiner Starre.

„Ich habe schon fast vergessen, wie gut sie aussieht ...", waren seine ersten Gedanken, als er sich umdrehte und die Person erkannte, die zu den Schritten gehörte.

Die eben noch in seinem Körper verspürten unangenehmen Empfindungen waren plötzlich verschwunden, genauso wie die unschönen Bilder in seinem Kopf.

„Hey ...", begrüßte Aurora ihn zögerlich und für ihre Verhältnisse relativ wortkarg.

„Hey ...", antwortete er und musste dabei ähnlich wirken wie sie.

Ihm fiel auf, dass es auf der Aussichtsplattform noch etwas dunkler geworden war. Die Laternen strahlten zwar im selben Licht wie zuvor, doch als er zum Himmel blickte, erkannte er, dass es eine Wolke war, die sich unbemerkt vor den Mond geschoben hatte. Anstatt der Erde war es jetzt diese Wolke, die in das spärliche Licht des zuvor so prachtvoll am Himmel stehenden Mondes getaucht wurde.

„Ich kann mir denken, weshalb du dich mit mir treffen wolltest", übernahm er den Einstieg in das Gespräch, nachdem sich Aurora neben ihn gestellt hatte und nach Worten zu suchen schien.

Er bemerkte, wie sich etwas in ihm eine überschwängliche Umarmung zur Begrüßung gewünscht hätte, obwohl er diese doch eigentlich nicht mochte. Auch ihre Herzlichkeit, die sie neben den Worten wohl ebenfalls noch nicht gefunden hatte, fehlten diesem Teil in ihm. Vielleicht war es sogar der Anflug eines schlechten Gewissens, der ihn das Gespräch beginnen ließ, denn ihm war klar, dass sein Verhalten und seine Worte, die er ihr gegenüber in den letzten Minuten ihrer gemeinsamen Zeit in der Kuppel gewählt hatte, der Grund für den fehlenden Überschwang und die fehlende Herzlichkeit waren. Trotzdem wusste ein anderer und seiner Ansicht nach viel klügerer und erfahrener Teil in ihm, dass es so, wie es jetzt gerade zwischen ihnen war, besser für sie beide war.

„Na, dann sag es mir, warum möchte ich denn mit dir reden?", nahm Aurora seine Worte auf und sah ihn fragend an.

„Ich bin froh, dass es ihr gut geht", flog ihm kurz noch ein Gedanke durch den Kopf, bevor er nach

einem fast schon vorwurfsvollen Seufzen zu sprechen begann: „Du hast Captain davon erzählt oder ...? Von der kleinen goldenen Sonne meine ich ...“

„Ja, du hast recht!“, sagte Aurora zuerst entschlossen, bevor sie über die leuchtende Stadt blickte und danach mit hörbarem Zwiespalt in sich erklärte: „Es war doch ... Es war eine schwierige Situation. Ich musste irgendetwas tun. Verstehst du? Ich ... Ich musste mich irgendwie entscheiden ...“

Auch wenn ihm so einiges durch den Kopf ging, was er sagen hätte können und vielleicht sogar antworten wollte, erwiderte er nichts und schaute ebenfalls über die Stadt, bevor er Aurora ansah und in ihrem Gesicht erkennen konnte, wie schwer ihr diese Entscheidung gefallen sein musste.

„Aber, du musst wissen“, sprach sie weiter, nachdem von ihm nach wie vor keine hörbare Reaktion gekommen war. „Ich habe Captain auch gesagt, dass du während dem Essen nichts davon mitbekommen hast, dass ich diese Brosche getragen habe ... Ich habe mir gedacht, wenn ich ihr das so erkläre, ist das die beste Lösung.“

„Aha, die beste Lösung?“, erwiderte er nun etwas süffisant und mit gerunzelter Stirn, als er es nicht mehr schaffte, ruhig zu bleiben. Bevor Aurora darauf eingehen konnte, platzte in einem mehr verzweifelt klingenden als harschen Ton aus ihm heraus: „Die beste Lösung für was, Aurora? Erkläre mir das einmal. Für was oder für wen soll das denn bitte die beste Lösung sein?"

„Die beste Lösung für dich!", antwortete Aurora vehement und fast schon wütend, noch bevor er die Frage fertig ausgesprochen hatte.

Sie sah ihn kurz an und dann gleich wieder über die Stadt, bevor sie mit schuldbewusster Stimme weitersprach, in der er dennoch einen gewissen Ärger heraushören konnte: „Hör zu, ich hätte dir nicht von der Brosche erzählen sollen ... Das weiß ich jetzt, aber ich habe gedacht, dich interessiert es, und irgendwie habe ich gehofft, wir überlegen uns gemeinsam etwas, aber da habe ich mich wohl geirrt. Das ist mir schon im Auto bei der Rückfahrt klar geworden und deshalb habe ich einen Weg gesucht, wie ich dich ab jetzt heraushalten kann. Es war nicht meine Absicht, dich in etwas hineinzuziehen, nur habe ich eben geglaubt ..."

„Schon gut, Aurora", unterbrach er sie, da er sich die weiteren Erklärungen gar nicht erst anhören wollte. Er wusste, sie würden ihm nur wieder das Gefühl geben, seine Vergangenheit hole ihn ein.

„Was genau hast du zu Captain gesagt, als du ihr davon erzählt hast?", wollte er lieber die Dinge wissen, die in der Gegenwart eine Rolle spielten und bei denen er eine Möglichkeit sah, wenigstens ein bisschen Kontrolle übernehmen zu können.

„Nur, dass ich diese kleine goldene Sonne während des Abendessens mit den Eltern auf meinem Jackett getragen habe", begann Aurora mit ruhiger Stimme zu erklären. „Und ich sie ihr jetzt gebe, weil ich ihre Arbeitsanweisung so gut wie möglich umsetzen wollte, und das meiner Meinung nach mit Hilfe der Brosche am besten gegangen ist", fuhr sie unaufgeregt fort.

„WAS?!? Du hast ihr die Brosche gegeben? Weißt du, was das bedeutet?", erschrak er regelrecht und fasste Aurora mit etwas Nachdruck an ihren Schultern. „Warum hast du das getan? Das ist verrückt. Warum hast du nicht vorher mit mir geredet?", wurde er nun sogar vorwurfsvoll und es begann die Nervosität und wohl auch Ängstlichkeit aus ihm zu sprechen.

Denn selbst, wenn er sich im Vorhinein durchaus gedacht hatte, dass sie genau das getan haben könnte, hatte er nicht damit gerechnet, dass es ihn so sehr treffen würde, wenn sich diese Spekulation erst einmal in Realität verwandelt hatte.

„Ich habe nicht mit dir geredet, weil du versucht hättest, es mir auszureden", antwortete Aurora bestimmt und wirkte ihm Gegensatz zu ihm gefasst. „Okay, ich weiß es ja selbst … Vielleicht ist es etwas verrückt, aber keine Sorge, ich habe es mir gut überlegt. Du hast nichts zu befürchten und ich habe zumindest irgendetwas mit diesen Audioaufzeichnungen gemacht. 'Für was hätte ich denn sonst die Brosche überhaupt tragen und dieses Risiko eingehen sollen, wenn ich sie danach bei mir daheim rumliegen und verrosten lasse', habe ich mir immer wieder gedacht. Naja, und Captain kann vielleicht etwas damit anfangen und sie benutzen, um dort tatsächlich etwas zu verändern."

„Das, was Captain damit anfangen kann, ist, dich ins Gefängnis zu bringen, wenn du Glück hast, oder noch weitaus Schlimmeres", dachte er sich, als ihn die Vergangenheit nun doch eingeholt hatte und ihm augenblicklich Sonjas und KidKads Gesichter ins Gedächtnis spülte.

„Aurora!", setzte er nun an und seine Stimme klang nach Angst und Furcht, obwohl sie doch energisch und stark klingen sollte. „Das ist naiv und vor allem ist es gefährlich. Menschen sind schon für weit weniger verurteilt worden. Und du hast Captain sogar noch den Beweis für dein Vergehen in die Hand gedrückt!"

Er schaute zu Boden und sah, wie seine Beine zu zittern begannen, selbst wenn er das eigentlich gar nicht richtig spürte. Sie fühlten sich sogar viel eher wie gelähmt an.

„Auch wenn du sagst, ich bin aus der Sache raus. Ich habe von der Brosche gewusst und ich … Ich hätte es verhindern können … Es darf doch nicht …", sprach er zwar hörbar, aber mittlerweile nicht mehr an Aurora, sondern eher an sich selbst gerichtet weiter. Er spürte Auroras Hand auf seinem linken Arm, den er, ohne es bemerkt zu haben, mittlerweile auf der Brüstung der Plattform abstützte. *„… schon wieder passieren!",* beendete er den letzten Satz nicht mehr hörbar nur in seinem Kopf, während er die Augen zusammenkniff und innerlich verzweifelt aufschrie.

Mit hastigen Bewegungen kramte er in seiner Hosentasche nach einer der bereits gedrehten Zigaretten, die er für alle Fälle eingesteckt hatte, und zündete sie an. Er nahm einen tiefen Zug, bevor er sich schließlich aufrichtete.

„Alles ist gut, okay?", versuchte Aurora ihn nicht mehr nur mit der beistehenden Berührung, sondern auch mit Worten zu beruhigen.

„Weißt du, so wie Captain reagiert hat, hat sie sich, denke ich, sogar darüber gefreut, auch wenn ich sie bisher noch nie so aufgeregt gesehen habe. Sie war ganz erleichtert, als ich ihr gesagt habe, dass von den Leuten in der Kuppel niemand etwas davon mitbekommen hat und dort niemand etwas weiß", sprach sie ruhig weiter, während sie weiterhin seinen Arm festhielt.

„Zum Glück, hihi", musste sie nun plötzlich kichern, „hat sie diesen Satz so interpretiert, dass du auch nichts davon weißt, und nicht nachgefragt, ob das wirklich so ist. Ich habe ihr zwar gesagt, dass du beim Essen nichts davon mitbekommen hast - was ja stimmt - aber nie behauptet, dass ich dir danach nichts davon erzählt hätte." Aurora nahm ihre Hand von seinem Arm und strich sich damit eine Strähne ihrer Haare hinter das Ohr, welche ihr Haarband nicht in Zaum halten konnte. „Sonst hätte ich wohl oder übel versuchen müssen zu lügen und das kann ich leider echt nicht so gut und möchte es eigentlich auch nicht", ergänzte sie kleinlaut.

Der Umstand, dass ihr Gesicht dabei leicht errötete und sie sich nervös auf die Unterlippe biss, ließen keine Zweifel daran, dass sie das nicht einfach nur behauptete, sondern genau so meinte.

„Trotzdem sollten wir vorsichtig sein", begann er wieder mit mehr Fassung zu sprechen, nachdem es ihm gelungen war, die aufkommende Unsicherheit wegzudrücken, bevor ihn diese endgültig übermannen konnte.

Vielleicht hatten auch Auroras beruhigende Berührungen und Worte dabei geholfen, doch er sah den Grund viel mehr in der Zigarette, die er mittlerweile innerhalb von kürzester Zeit zu Ende geraucht hatte. Es war sein Bestreben, irgendwie wieder ein wenig Kontrolle oder wenigstens eine gewisse Handlungsfähigkeit in diese ganze undurchsichtige Situation zu bekommen, weshalb er Aurora über seine Schlüsse aufklärte. Diese drehten sich in keinster Weise um Auroras Ziel einer Veränderung der Vorgänge in der Kuppel, sondern lediglich um die Brosche und Auroras Schicksal.

„Es ist auf alle Fälle gut, wenn Captain denkt, ich wüsste nichts davon. Vielleicht involviert sie mich dann, wenn sie etwas gegen dich unternehmen möchte ... Jedenfalls scheint sie es schon ein bisschen beschäftigt zu haben, so wie sie sich heute Nachmittag verhalten hat", erläuterte er nach außen hin gefasst und abgeklärt, während er innerlich aufgebracht und hektisch war.

„Das werden wir sehen ...", antwortete Aurora zunächst seiner Aussage ausweichend, denn seine Worte schienen eine gewisse Nachdenklichkeit in ihr ausgelöst zu haben. Sie blickte erneut über die leuchtende Stadt und mit einer kleinen Verzögerung stellte sie nun entschlossen klar: „Aber es ist meine Sache und auch wenn du denkst, du hängst da mit drin, das tust du nicht! Mir ist schon klar, dass meine Entscheidung Risiken birgt, und falls deswegen etwas sein sollte, ist das ganz allein mein Problem. Verstehst du das? Es war allein meine Entscheidung, die Brosche bei diesem Essen zu tragen, und es war allein meine Entscheidung, die Brosche Captain zu geben. Deshalb werde ich auch die Konsequenzen tragen, wenn es welche geben sollte. Ich möchte nicht, dass du dir deshalb Sorgen machst, weil du keine Verantwortung dafür trägst."

Er hörte ihr zu und sagte kein Wort, während sein Kopf damit beschäftigt war, ihre Worte zu verarbeiten. Wie ein wenig begabter Dolmetscher übersetzte sein Gehirn Auroras Aussage. Er kannte die Bedeutung jedes einzelnen ihrer Worte, und trotzdem hatte die Botschaft, die schlussendlich bei ihm ankam, wenig mit dem zu tun, was sie zu ihm gesagt hatte. Sie war viel eher das Gegenteil davon.

In ihm übrig blieb die Erkenntnis, dass er es verhindern hätte können und die ganze Situation seine alleinige Schuld war. Am schlimmsten jedoch war die für ihn feststehende und unveränderbare Tatsache, dass er es zu verantworten hätte, falls Aurora tatsächlich etwas passieren sollte.

„Ich denke, wir sollten Captain vertrauen", fuhr Aurora fort, als er nicht reagierte. „Zumindest möchte ich das. Wenn ich wirklich will, dass sich in dieser Kuppel wenigstens ein bisschen etwas ändert, dann braucht es sie. Ganz alleine kann ich keine Veränderung herbeiführen. Dazu benötige ich Hilfe und Captain ist für diese Sache die beste Option ... Oder, wer weiß, vielleicht sorgt sie ja sogar dafür, dass diese ganze Idee von diesen Kuppelprojekten eingestampft wird."

„Die Kuppel schön und gut!", hörte er sich plötzlich selbst sagen und vernahm dabei die Energie in seinen Worten, die ihm vorhin noch gefehlt hatte, selbst wenn es erneut mehr nach Verzweiflung und beinahe schon nach Hilflosigkeit klang. „Aber zu welchem Preis? Willst du dein Leben wegwerfen für eine Kuppel, die praktisch fertig gebaut ist und in der sich sowieso nichts ändern wird?"

„Nein, das will ich nicht!", antwortete Aurora trocken und bestimmt.

Sie griff erneut nach einem seiner Arme, berührte dabei das weißblaue Armband, welches um sein rechtes Handgelenk gebunden war, und sagte voller ehrlicher Überzeugung: „Ich will den Menschen, die dazu gezwungen werden, in dieser Kuppel und nach diesen wahnsinnigen Regeln zu leben, die Hoffnung geben, dass sich etwas ändern kann, wenn sich zumindest ein paar Menschen dafür interessieren und sich für sie einsetzen! Ich möchte ihnen zeigen, dass sie nicht allen egal sind! Falls das Konsequenzen oder Veränderungen für mich und mein Leben bedeuten sollte, wäre es nicht das, was ich möchte, aber wenn dem so sein sollte, würde ich es keinesfalls als weggeworfen bezeichnen!"

Das Feuer in ihren Augen, das mit jedem Wort, das sie aussprach, weiter geschürt wurde und in der dunklen Umgebung förmlich aufzuleuchten schien, verhinderte eine Reaktion von ihm. Er war einfach nicht im Stande dazu, als er ihr in die Augen sah. Stattdessen brannte es Fragen in seinen Kopf, an die er noch einige Male in seinem weiteren Leben denken sollte.

„Ist es das? Ist es genau das? Denkt und fühlt so ein Glückskind?", formulierte er in seinem Geist diese Fragen.

Einen Wimpernschlag lang spürte er all die Dinge in sich, an die er einmal geglaubt hatte, auch wenn es sich unmittelbar danach wieder so anfühlte, als wären genau jene Dinge und mit ihnen auch er selbst die Ursache für all das Leid, welches den Menschen, die ihm etwas bedeuteten, widerfahren war.

Aurora wurde ruhig, war plötzlich in sich gekehrt und beinahe traurig, als sie leise, aber dennoch mit Entschlossenheit weitersprach: „Weißt du, ich habe in den letzten Tagen oft an Mina gedacht und manchmal sehe ich sogar ihr Gesicht vor meinen Augen ... Und wenn es nur für sie ist ..."

Er bemerkte, wie ihm nur dieser kleine Anflug von Traurigkeit in Auroras Seele missfiel und er den Impuls verspürte, sie zu trösten, ihr gut zu zureden oder sie in den Arm zu nehmen. Für einen Moment äußerte ein zweiter Impuls vielleicht sogar den Wunsch, ihr zu glauben und ihr Vorhaben zu unterstützen, was wohl auch mit dem plötzlich wieder präsenten Namen des kleinen Mädchens zu tun hatte, mit dem er in der Kuppel so ausgelassen gespielt hatte.

Doch statt diesen Impulsen nachzugeben, schob er sie beiseite und folgte der Strategie, von der er überzeugt war, dass sie die einzige war, die Aurora tatsächlich helfen konnte.

„Hör zu, Aurora", begann er ruhig und mit kaum einer Emotion in der Stimme zu sprechen. „Erwarte nicht von mir, dass ich dir bei deinen naiven, sozialromantischen Ideen helfe. Damals, als wir uns bei der Hüttenparty kennengelernt haben, hätte ich das wahrscheinlich getan und ähnlich gedacht, wie du es jetzt tust, nur leider funktioniert die Welt einfach nicht so ... Ich werde Captain im Auge behalten und versuchen auf dich aufzupassen, aber mehr geht einfach nicht. Ich bitte dich, sei vorsichtig ..."

Obwohl er ihr gerne seinen Arm um die Schulter gelegt hätte, sah er sie einfach nur an und lächelte dabei gequält, während sie ihn ebenfalls anblickte und ihr Lächeln im Gegensatz zu seinem ehrlich wirkte.

„Okay, das klingt nach einem Plan, danke", ließ sie ihn wissen, bevor sie einen Schritt zurücktrat. Es machte den Eindruck, als würde sie seine Worte absichtlich missinterpretieren. „Na, dann bin ich schon mal gespannt, was Captain auf die Beine stellt und bei welchen Vorgängen und Regeln es in der Kuppel dann überall Änderungen geben wird", fügte sie anschließend beinahe schon provokant optimistisch hinzu.

Er konnte sich ob ihres zur Schau gestellten Trotzes ein kurzes Schmunzeln nicht verkneifen und wusste in dem Moment nicht einmal selbst, ob dieses sarkastisch oder doch ehrlich gemeint war und von Herzen kam.

„Dann sehen wir uns in der Arbeit", verabschiedete sich Aurora, nachdem für sie anscheinend alles gesagt und besprochen war. Sie legte wohlwollend ihre Hand auf seine Schulter. „Du glaubst mir das jetzt vielleicht nicht, aber ich bin echt froh, dass wir zusammenarbeiten, und ich freue mich auf unsere nächsten gemeinsamen Aufgaben."

In ihrem Gesicht zeichnete sich dabei nicht einmal ansatzweise ab, dass sie erröten könnte, und ihre Lippen waren zu einem wohlwollenden Lächeln geformt, weshalb sie sich nicht auf ihre Unterlippe beißen konnte.

„Wir sehen uns ...", erwiderte er ein wenig perplex, als sich Aurora einfach umdrehte und die Aussichtsplattform verließ.

Nachdem Aurora aus seinem Blickfeld verschwunden war, schaute er in den Sternenhimmel und ein letztes Mal über die Lichter der Stadt. Er beschloss dieses Mal denselben Weg zurückzugehen, den er gekommen war, und nicht wie bei seinen Laufrunden üblich die Strecke durch die Stadt zu nehmen. Als er losging, vernahm er plötzlich ein wohlklingendes Heulen, das von den Bergen herab in seine Ohren drang und ihn für einen flüchtigen Moment selbst so etwas wie Optimismus spüren ließ.

Zu Beginn seines Rückweges durch den dunklen Wald war dieser flüchtige Moment jedoch bereits wieder Geschichte und er war damit beschäftigt, in seinem Kopf die Geschehnisse und Informationen zu sortieren, die seit dem frühen Nachmittag auf ihn eingeprasselt waren. Er wollte, noch bevor er zu Hause ankam, Einschätzungen zu der ganzen Situation treffen. Dadurch erhoffte er sich, mögliche Wege zu finden, um damit umgehen zu können. Zusätzlich sah er es als einzige Chance an, in dieser Nacht ein Auge zutun zu können.

Spätestens am nächsten Morgen brauchte er Klarheit darüber, weil er ganz einfach wissen musste, wie er sich im Büro verhalten sollte. Dabei ging es ihm weniger um sein Verhalten seiner Arbeit oder Tim gegenüber, denn er ging davon aus, dass er es - zwar mit manchmal wiederkehrenden unguten körperlichen Symptomen, aber dennoch - genauso durchziehen konnte, wie er es schon immer getan hatte. Viel mehr ging es ihm um sein Verhalten Aurora, Captain und wohl auch sich selbst gegenüber.

Auch wenn es nicht das erste Mal war, dass ihm das in den Sinn kam, war es jetzt endgültig nicht einmal mehr für ihn selbst zu leugnen. Diese Frau berührte etwas in ihm und löste irgendetwas in ihm aus. Vor ein paar Stunden hatte er diese Tatsache mit der richtigen Argumentation noch anzweifeln können, doch das war ihm nach dem eben geführten Gespräch nicht mehr möglich. Er konnte nach wie vor nicht sagen, was genau es war, aber irgendetwas bedeutete sie ihm und das wiederum war für ihn wie eine Warnung, die ihn zum wiederholten Male nervös werden ließ.

„Der beste Schutz für sie wäre, wenn sie mir einfach egal wäre", ging ihm immer wieder die einzige für ihn wirklich erfolgversprechende Lösung für sein Dilemma durch den Kopf. Doch schien diese nach heute schwerer umsetzbar als jemals zuvor.

Kurz spielte er sogar mit dem Gedanken, selbst zu kündigen, aber diese Handlung hätte bei Captain wohl eine Skepsis in Bezug auf Auroras Aussagen zu seiner Mitwisserschaft in Sachen Brosche ausgelöst. *„Das würde Captain unter Zugzwang bringen und das ist zu gefährlich",* war ihm sofort klar, was das zur Folge haben könnte, als er diese Option in seinem Kopf durchexerzierte. Deshalb wäre eine

Kündigung für ihn frühestens in ein paar Monaten umsetzbar.

„Das wird niemals gut ausgehen …", drängten ihn seine Gedanken immer wieder aufs Neue in eine Richtung, die ausweglos erschien. Er begann damit, sich immer mehr in Details zu verrennen.

Sein Körper reagierte mit Unbehagen und mit noch mehr Nervosität, weshalb er kurz stehen blieb und sich in der Dunkelheit umschaute. Er konnte nicht viel erkennen, doch es war angenehm ruhig geworden. Der Wind hatte aufgehört durch die Baumwipfel zu peitschen und zwar nur sehr leise, aber doch vernehmbare Geräusche von Motoren verrieten ihm, dass die Straße nicht mehr weit entfernt war. Er atmete noch einmal die mittlerweile abgekühlte herbe Waldluft ein, ging weiter und konzentrierte sich auf die anderen Fragen, die er für sich beantworten musste.

Ob es die Waldluft war oder doch, dass er sich nun auf eine andere Frage konzentrierte, konnte er nicht sagen, aber eines von beiden sorgte dafür, dass das Unbehagen und die Nervosität nachließen. Er wusste zwar noch nicht, wie er mit Aurora umgehen sollte, doch jetzt ging es für ihn darum, den richtigen Umgang mit Captain zu finden. Denn sie würde er bereits morgen im Büro wiedersehen, während er bei Aurora eine Schonfrist über das Wochenende hatte.

„Wenigstens kann ich Captain und die Situation morgen noch einmal in Ruhe beobachten und mir etwas überlegen, ohne dass mir Aurora im Nacken sitzt", war es für ihn immerhin ein kleiner Lichtblick, dass diese Herausforderungen nicht gleichzeitig begannen.

Am liebsten hätte er Auroras Worten einfach geglaubt und sein Vertrauen in Captain gesetzt, doch das war ihm unmöglich. Zu seltsam war ihm Captains Verhalten vorgekommen. Er wusste zwar, dass dieses genauso gut dadurch zu erklären sein konnte, dass sie nicht wollte, dass er etwas von der Brosche erfuhr, aber es gab für ihn zu viele andere - und für Aurora nicht unbedingt wohlwollende - Szenarien, die Captains Verhalten erklärten.

Ein zweites Szenario, welches für Aurora ebenfalls gut enden könnte, war, dass Captain zwar nicht dasselbe Ziel verfolgte wie Aurora, aber in der Brosche eine einmalige Chance sah, für sich selbst diverse Vorteile herauszuschlagen. Aurora würde deshalb nichts passieren, weil sie Captain eigentlich gut gedient und geholfen hatte. Er ging noch weitere Möglichkeiten durch, während er - der Lautstärke der Motorengeräusche nach zu urteilen - der Stadt immer näherkam.

Am Ende gab es in seinem Kopf jedoch einfach zu viele Szenarien und Möglichkeiten, bei denen Captain Aurora schlussendlich ans Messer lieferte, und selbst wenn es eines der wenigen wohlwollenden werden sollte, bestand diese Gefahr weiterhin. Und sei es erst in Zukunft, wenn es für Captain irgendwann darum ginge, Auroras Haut opfern, um ihre eigene zu retten.

Sein Kopf machte unaufhörlich und in einer immer schneller werdenden Geschwindigkeit weiter.

„Mit wem hat Captain so lange telefoniert, bevor ich ins Büro gekommen bin?", bereitete ihm vor allem das Geschehnis vom heutigen frühen Nachmittag Kopfzerbrechen.

Für ihn war dieses ominöse Telefonat ein eindeutiges Indiz dafür, dass Captain bereits in irgendeiner Art und Weise gehandelt haben musste, nachdem sie die Brosche von Aurora erhalten hatte.

„Vielleicht war sogar eine Anweisung von oben der Grund, weshalb sie sich mir gegenüber so seltsam verhalten hat", fiel ihm dazu eine nicht unbedingt beruhigende Erklärung ein.

Sofort bemerkte er, wie das Unbehagen und die Nervosität in seinen Körper zurückkehrten und er immer unsicherer wurde. Er blieb stehen, kramte wie schon auf der Plattform nach einer der bereits gedrehten Zigaretten und sah sich abermals in der Dunkelheit um. Als er sich die Kippe anzündete und den Rauch in seinen Lungen spürte, begann er

sich endlich ein wenig zu beruhigen. Und das obwohl er sich dabei zusehen konnte, wie seine Hand
zitterte, während er sich die Zigarette zum Mund
führte.

Nachdem er die kleine Pause beendet hatte und seinen Weg fortsetzte, war er weiterhin damit beschäftigt, sich alles Mögliche durchzudenken, und
suchte fast schon getrieben nach Lösungen. Als er
gerade wieder ansetzte einen Aspekt bis ins kleinste
Detail zu analysieren und sich verschiedenste
Stränge zu überlegen begann, die daraus entstehen
konnten, wurde es ihm klar. Es waren die Gedanken an Situationen oder Szenarien, die mit hoher
Wahrscheinlichkeit Konsequenzen für Aurora bedeuteten, die das Unbehagen, die Nervosität und
vor allem diese so angsteinflößend wirkende Unsicherheit in ihm auslösten.

„Es könnte mir doch egal sein ...", versuchte er sich
selbst zu distanzieren und dennoch bereitete es
ihm Sorgen. *„Ich darf nicht zulassen, dass ihr auch
noch etwas passiert."*

Es war der schmale Grat zwischen nach den erlernten und für wahr befundenen Spielregeln zu spielen
und es trotzdem irgendwie zu schaffen, auf Aurora
aufzupassen. Jeder noch so kleine falsche Schritt
könnte ab jetzt zu einem schwerwiegenden Fehler
führen, der verheerende Konsequenzen nach sich
ziehen würde. Trotzdem war etwas tief in seinem

Inneren froh darüber, dass Aurora ihren Job behalten hatte.

Sein Kopf wurde müde von dem vielen Nachdenken und auf einmal ertappte er sich, wie er schmunzeln musste, als er an Aurora dachte. Er hatte das Bild vor Augen, als sie ihm am Ende des Gesprächs noch einmal ihren naiven Optimismus ins Gesicht geschleudert und dabei fast kindlich trotzig gewirkt hatte. Oder auch das Bild, als sie sich fast schon schelmisch darüber gefreut hatte, dass sie Captain nicht anlügen hatte müssen. Bei einem dritten Bild war er geradezu fasziniert von dem Willen, der durch das Feuer in ihren Augen zum Ausdruck kam, wenn sie über Dinge wie Hoffnung oder Veränderung sprach, und der sie mit einer Aura umgab, die ihn beinahe die Spielregeln vergessen ließ.

„Wenn sie ein Charakter in einem Buch wäre …", war ihm mittlerweile klar geworden, *„… dann würde ich diesen lieben und unterstützen … Vor allem aber würde ich mir wünschen, dass sie es schafft. Doch das ist sie nicht und Menschen in der realen Welt, über die ich so denke, enden wie KidKad oder Sonja"*, führte er sich wehmütig vor Augen. *„Ich muss mich zusammenreißen und aufpassen"*, ermahnte er sich selbst noch ein letztes Mal, während er die Lichter der Stadt durch die Bäume schimmern sah und die Motorengeräusche bereits laut in seinen Ohren dröhnten.

Die Wehmut wurde nicht weniger, als er während der letzten Schritte im Wald beschloss: *„Ich werde ein Auge auf sie haben. Vielleicht werde ich sogar ab und an Spaß daran haben, mit ihr zusammen zu arbeiten, aber ich darf sie nicht zu nah an mich heranlassen. Ich kann sie nur so beschützen!"*

An der Baustelle vorbei und über die kleine Holzbrücke trat er schließlich auf die beleuchtete Straße, die in die Stadt führte. Nachdem er ein paar Schritte weiter gegangen war, kam ihm ein Mann entgegen und er bemerkte, dass sein eigenes Gesicht nicht mehr durch den Schleier der Dunkelheit geschützt wurde.

Umgehend setzte er ein gequältes Lächeln auf und ging mit gesenktem Kopf geradewegs nach Hause.

Wie schwierig sein gefasster Entschluss umzusetzen war, sollte sich in den nächsten Wochen zeigen, auch wenn es ihm selbst gar nicht so richtig aufzufallen schien. Es veränderte sich etwas in ihm, was sich durch Kleinigkeiten in seinem Verhalten zeigte. Trotzdem war er nach wie vor felsenfest davon überzeugt, nach genau den Plänen zu handeln, die er sich im Wald auf dem Rückweg von der Aussichtsplattform zurechtgelegt hatte.

In Bezug auf Captain war das vielleicht auch wirklich so, denn diese verhielt sich schon nach wenigen Tagen wieder genauso, wie er sie kannte und wie er es von ihr gewohnt war. Die Auffälligkeiten in ihrem Verhalten in diesen wenigen Tagen hätte er sehr wahrscheinlich nicht einmal bemerkt, wenn er nicht jeden ihrer Schritte und jedes ihrer Worte ganz genau beobachtet hätte.

Er stufte besagte Auffälligkeiten jedenfalls nicht als verdächtig oder gefährlich ein, sondern sah darin eher Vorsichtsmaßnahmen ihrerseits, um herauszufinden, ob außer ihr und Aurora tatsächlich niemand etwas von der kleinen goldenen Sonne wusste. Ein Stück weit konnte er sie sogar verstehen. Denn wenn er dazu befugt gewesen wäre, hätte er vermutlich ebenso Anruflisten von allen Telefonaten eingefordert, wie sie es von ihm und ebenso Tim verlangt hatte.

„Dann wüsste ich, mit wem sie vor unserem Gespräch telefoniert hat", hatte er sich nicht nur einmal gedacht, während er dieser Anweisung Folge geleistet hatte.

Tim hatte es als „einen neuen autoritären Wind, der durch das Büro weht" bezeichnet. Er sah es viel mehr als Beweis, dass Captain die Sache mit der Brosche für sich behalten und für ihre eigenen Interessen nutzen wollte. Für eine Anweisung von oben waren solche Dinge wie eben die Forderung von Anruflisten oder auch die Kontrolle verschickter E-Mails eigentlich zu wenig, wohingegen es sich noch exakt in jenem Rahmen abspielte, den Captain ausreizen durfte, ohne sich dafür eine Bewilligung von anderer Stelle einholen zu müssen.

Obwohl ihn das ein bisschen beruhigt hatte und von dem neuen autoritären Wind bald nichts mehr zu spüren war, blieb die Skepsis Captain gegenüber in seinem Hinterkopf. Doch das zeigte er weder ihr noch Tim und verhielt sich seiner Einschätzung nach genauso, wie er es an seinem Arbeitsplatz schon immer getan hatte.

Bei Aurora hingegen war die Sache ein wenig anders. Immer häufiger passierte es ihm, dass er mit ihr im Büro herum witzelte oder dass er plötzlich mit ihr auf dem großen Balkon stand, um dort mit ihr die Pause zu verbringen. Auch gemeinsam Mittagessen waren sie das ein oder andere Mal gegangen und manchmal überraschte er sie sogar mit einer kleinen freundlichen Geste. Ihm gefiel es, wenn er danach eine erfreute Reaktion in ihrem Gesicht ablesen konnte.

Manchmal schienen die Grenzen, die er sich zwar gezwungenermaßen und dennoch selbst gesetzt hatte, zu verschwimmen. Das lag wohl auch daran, dass er in den letzten Jahren verlernt hatte, wo genau eine Freundschaft begann und wo eine Bekanntschaft aufhörte. Ab und an wirkte es beinahe tollpatschig, wenn er plötzlich von einem Moment auf den anderen gemein oder abweisend zu ihr war, weil er von der einen auf die andere Sekunde fürchtete, die sich selbst auferlegten Regeln zu brechen, wenn er etwas Nettes sagte oder tat.

In all seinen Plänen und Vorhaben, die er sich in seinem Kopf zurechtgelegt hatte, hatte er die Rechnung ohne Aurora gemacht. Wenn sie aufgrund einer seiner manchmal sogar fiesen Momente auch nur ein klein wenig irritiert dreinblickte, bewegte ihn das sofort dazu, eine der besagten Gesten zu zeigen, um ihr so die Fröhlichkeit und das Lächeln zurück ins Gesicht zu zaubern.

Und das war nicht selten der Fall. Trotzdem war er nach wie vor der Meinung, auf dem richtigen Weg zu sein und ihr auch nicht zu nahe zu kommen, denn er hatte eine Art Sicherungsschalter gefunden, den er umlegte, wenn er es als notwendig erachtete.

Sobald es bei Gesprächen in irgendeiner Form um Auroras Ideen einer besseren Welt ging, blockte er einfach ab und tat so, als ob es ihn nicht interessierte. Gleichzeitig war er beim Umlegen dieses Schalters konsequent und rigoros. Egal was für ein Gesicht Aurora dann auch machte, bei diesem Thema ließ er sich nicht zu irgendwelchen Gesten oder Worten der Aufmunterung hinreißen, sondern blieb standhaft abweisend. Für ihn war es eine - auf gewisse Art - gut messbare und erkennbare Linie, bei der er sich gezwungen fühlte, eine Grenze zu ziehen, wenn er sie wirklich beschützen und ihr nicht schaden wollte.

Zu seinem Glück wurde es von Woche zu Woche weniger, dass Aurora mit ihm über Dinge wie soziale Ungerechtigkeiten oder Humanität auf verschiedenen Ebenen sprechen wollte. Ein Mitgrund dafür war wohl, dass die Kuppel und ihre gemeinsame Zeit dort bald nicht mehr das dominierende Thema bei ihrer gemeinsamen Arbeit war. Trotzdem war ihm klar, dass es früher oder später wieder zu einem, wenn nicht sogar zu dem - jedenfalls eine Zeit lang - alles bestimmenden Thema werden würde, wenn der Bau erst einmal abgeschlossen war.

Für den Moment allerdings kümmerte sich Captain um die Kommunikation mit den Eltern und den von ihnen gewünschten angepassten Lebenslaufprognosen, weshalb es bis zu dem offiziellen Start des Projekts dauern würde, bis Aurora und er wieder etwas mit der Sache zu tun hatten. Dann würde es ihre Aufgabe sein, die von Captain und den Eltern ausverhandelten Vorgaben in den Lebenslaufprognosen umzusetzen.

Nichtsdestotrotz bekamen sie hin und wieder etwas mit, wenn Captain mit den erwähnten Verhandlungen beschäftigt war. Es machte auf ihn den Eindruck, als ob sie nicht dazu bereit war, den Eltern einfach das zu geben, was diese verlangten, sondern bei bestimmten Forderungen merkliche Gegenwehr leistete.

Ob es sich dabei um tatsächliche Interventionen im besten Interesse der Kinder in der Kuppel handelte oder doch schlicht um Machtspielchen, aus denen Captain nicht als Verliererin hervorgehen wollte, war schwer zu beurteilen und eigentlich nicht von Bedeutung. Was auch immer der Grund war, sie versuchte wenigstens ein wenig Einfluss zu nehmen und weigerte sich, einfach alles so hinzunehmen, wie es von ihr verlangt wurde.

„Was ist denn mit denen los?!?", hatte Captain einmal vor sich hin geflucht, als sie mit hochrotem Kopf aus ihrer Bürotür gestürmt kam, um sich in der kleinen Teeküche etwas zu trinken zu holen. „Wenn die glauben, ich tue einfach alles, was sie wollen, dann haben sie sich geschnitten. Erst recht mache ich das dann nicht!", hatte sie hörbar verärgert weiter gemurmelt, als sie am Weg zurück an den Arbeitsplätzen der Mitarbeitenden vorbei gestapft war.

„Wer weiß, vielleicht schafft es Captain wirklich, dass sich dort etwas ändert", hatte er sich in diesem Moment einigermaßen erstaunt gedacht.

Kurzzeitig bekam er sogar das Gefühl, dass die Brosche bei ihr womöglich doch in den richtigen

Händen sein könnte, um dabei als Hilfestellung zu dienen. Aurora schien sich Ähnliches zu denken, was sie ihm in der darauffolgenden Pause mit einem Augenzwinkern und den geflüsterten Worten „Wir sind also doch Glückskinder" mitteilte. Im Gegensatz zu Aurora waren seine Gedanken allerdings nur flüchtig gewesen, weshalb er sich nicht zu einer - seiner Meinung nach - naiven Schlussfolgerung hinreißen lassen wollte.

Stattdessen erinnerte er sich rasch selbst daran, dass es nicht klug war, so zu denken, es unzählige andere Erklärungen für Captains Verhalten gab und eine mögliche Falle die schlimmste, aber zugleich nicht die unrealistischste davon war. Das war auch der Grund, weshalb er ziemlich genervt auf Auroras Aussage reagierte und sie mit harschem Tonfall wissen ließ, dass er ihr „Glückskind-Geschwafel" für „weltfremd und falsch" hielt.

„Aurora, hör endlich mit dem Schwachsinn auf! Du lügst dich doch selbst an!", hatte er sie abschließend angeschnauzt. Was die getroffene Wortwahl betraf, ruderte er zwar noch zurück, als ihm auffiel, dass diese etwas übertrieben und wahrscheinlich sogar boshaft war. Auch wenn die neuen Worte, die er danach wählte, weitaus freundlicher waren blieb die Botschaft dahinter dieselbe.

Am Ende schien bei Aurora endgültig angekommen zu sein, dass er von ihrem Glauben und ihrer

Theorie bezüglich Glückskinder ganz einfach nichts hielt, wie er unschwer in ihrem enttäuscht wirkenden Gesicht und an ihrer geknickten Körpersprache erkennen konnte.

„Außer, von mir aus, die Sache mit den Centstücken, die du manchmal findest", gab er bei einem Aspekt zu diesem Thema doch noch klein bei. Somit sorgte er seiner Einschätzung nach für ein halbwegs versöhnliches Ende dieses Disputs, was Aurora mit einem kurzen und für ihn schwer einzuordnenden Schmunzeln quittierte.

Seine klare Ansage hatte anscheinend Wirkung gezeigt, denn danach hatte Aurora dieses Thema nicht wieder angesprochen. Sogar das Wort Glückskind schien aus ihrem Wortschatz verschwunden zu sein.

Die Wochen vergingen, bis irgendwann der Herbst anbrach, selbst wenn die Temperaturen nicht darauf hindeuteten. In den Wäldern, auf den Wiesen und auch in der Stadt auf den Balkonen gesetzte Kräuter und Pflanzen gediehen weiterhin, als wäre es noch mitten im Sommer.

Mittlerweile hatte sich zwischen Aurora und ihm etwas entwickelt, was einige Menschen als eine oberflächliche Freundschaft bezeichnen würden, wobei er für sich den Begriff Freundschaft durch Bekanntschaft ersetzte und dafür das „oberflächlich" wegließ. Sodass es im Grunde genau das war, was er sich vorgestellt hatte, als er von der Aussichtsplattform durch den dunklen Wald Richtung Stadt spaziert war. Mit dieser Begrifflichkeit fühlte er sich sicherer, denn sie erlaubte es ihm paradoxerweise, ihr näher zu sein, als es die andere getan hätte.

„Solange alles im Rahmen einer Bekanntschaft abläuft, ist alles gut und in Ordnung", hatte er anfangs immer wieder zu sich gesagt. Und irgendwann hatte er das nicht mehr gemusst, da er sich in Bezug auf diese Einschätzung sicher fühlte, solange sie ihn mit ihrem, wie er es für sich titulierte, „Glückskind-Gerede" in Ruhe ließ.

Ob es sich so auch gut für ihn anfühlte, konnte er eigentlich nicht sagen. Aber er wusste, dass es sich zum ersten Mal, seit er Aurora wiedergetroffen hatte, zumindest so anfühlte, als hätte er, bis auf ein paar kleinere Unsicherheiten, die - im Vergleich zu dem, was er im Sommer verspürt hatte - wie Banalitäten wirkten, alles unter Kontrolle.

Obwohl er Captain und alles, was sie tat, weiterhin mit Argusaugen beobachtete, beschäftigte er sich nicht mehr ausnahmslos mit Gedankenkreisen rund um sie, Aurora, die Kuppel, Sonja oder Kid-Kad. Er fand sogar wieder Zeit und Energie, um zu lesen, Sport zu machen und auch um sich in regelmäßigen Abständen so gehörig die Kante zu geben, dass er danach einige Tage brauchte, um sich davon zu erholen.

Die wiederkehrenden schlechten Träume oder ab und an auch ein ungutes mulmiges Gefühl, wenn er an die Welt dachte, waren zwar immer noch da, doch das mulmige Gefühl konnte er nun wieder in zu viel Alkohol ertränken und nach den schlechten Träumen konnte er einfach sein durchgeschwitztes T-Shirt wechseln. Das war für ihn eindeutig einfacher, als sich ständig Gedanken um das Wohlergehen anderer oder sogar Sorgen um diese machen zu müssen.

Beinahe fühlte es sich wieder so an wie sein Leben von vor ein paar Monaten, für das er nun mal geschaffen war. So fühlte es sich ganz einfach richtiger an.

Und das obwohl in ihm irgendwo irgendetwas nicht wirklich erklärbares Diffuses steckte, das er weder richtig benennen noch greifen konnte, und das dafür sorgte, dass es sich eben nicht zur Gänze genauso anfühlte wie vor ein paar Monaten.

„Das wird schon auch noch weggehen", führte er sich vor Augen, dass er auf dem richtigen Weg war und setzte auf den Faktor Zeit, wenn ihn diese Diffusion zwischendurch wieder einmal einholte.

Dennoch fragte er sich hin und wieder, was das denn sei, das da in ihm schlummerte.

Es lief alles wie von ihm geplant und er war sich sicher, dass er diese wiedergewonnene oder eher hart zurück erkämpfte Kontrolle nicht mehr so schnell aus der Hand geben würde. Sie war immerhin die einzige wirkliche Sicherheit und somit der einzige Schutz, den er hatte. Und solange er sich an die Regeln hielt, galt das auch für die Personen in seinem Umkreis. Das war es, was er unter keinen Umständen aufgeben konnte und wollte.

An einem frühen Herbsttag, an dem das Thermometer zur Abwechslung einmal kein Badewetter anzeigte, war er vergleichsweise früh in den Büroräumlichkeiten, denn er war in der Nacht zuvor von einem seiner unangenehmen Träume geweckt worden.

Diesmal war allerdings etwas anders, denn zu den Bildern, die ihn normalerweise in seinen Albträumen heimsuchten, hatte sich das Gesicht eines kleinen Mädchens mit einer weißen Strähne in ihren dunklen beinahe schwarzen Haaren gemischt. Das hatte dafür gesorgt, dass er danach trotz eines frisch angezogenen T-Shirts und einer zum Fenster hinaus gerauchten Zigarette nicht mehr einschlafen konnte.

Das war ihm seit geraumer Zeit nicht mehr passiert.

Die ersten paar Stunden Arbeit hatte er bereits hinter sich gebracht und immer noch übermüdet stand er in der kleinen Teeküche, als die anderen ebenfalls zu ihrer Pause antraten.

Der Kaffee, den er sich zubereitet hatte, schmeckte wieder einmal madig an diesem Vormittag. Das lag vielleicht daran, dass es für ihn nur eine Arbeit von ungefähr einer Minute war, bis das heiße Wasser durch die fertige, im Geschäft erworbene Kapsel in die Tasse geronnen war. Hauptsache heiß und Koffein war seine Herangehensweise.

Aurora hingegen investierte fast die zehnfache Zeit in die Zubereitung des Heißgetränks. Ein großer Espressokocher, ein Milchschäumer, die nötige Portion Geduld und die Liebe zum Resultat ihrer Arbeit waren die Utensilien, die sie dazu benötigte. Im Normalfall reichte es für drei große Tassen ihrer flüssigen Meisterwerke. Manchmal hatte er das Glück, dass Captain und Tim nicht zur Pause erschienen und er deshalb eine Schale abstauben konnte, was aber leider weitaus seltener der Fall war, als er es gerne gehabt hätte.

„Vielleicht rücke ich ja irgendwann in der Rangliste vor", dachte er sich von Zeit zu Zeit.

Im Prinzip war er selbst schuld daran, dass er des Öfteren leer ausging. Er hatte im Laufe der letzten Wochen, als das Ritual mit der Kaffeepause seinen Anfang genommen hatte, nicht danach gefragt, ob er auch eine Tasse haben könnte, oder es sich besser gesagt nicht getraut. Er war sich nicht sicher gewesen, ob eine solche Nachfrage den Rahmen einer Bekanntschaft gesprengt hätte, und irgendwie wollte er nicht, dass sich Aurora seinetwegen Umstände machte oder eventuell sogar noch Zusatzarbeit hatte.

Tim war da nicht so rücksichtsvoll gewesen und hatte ohne irgendwelche Umschweife darum gebeten, ob sie ihm nicht einfach immer Kaffee mitmachen könnte, wenn sie sowieso den großen Espressokocher in Verwendung hatte, und Captain hatte erst gar nicht viele Worte verloren, sondern sich einfach eine volle Tasse genommen.

Das für seinen Gaumen bittere Resultat seiner Zurückhaltung war, dass er beinahe jeden Tag mit seiner faden Brühe in der Hand dastand und neidisch zuguckte, wie die drei anderen genüsslich aus ihren Tassen schlürften und sich anschließend den Milchschaum von den Oberlippen wischten. So war es auch diesmal, nur schien Aurora ihr selbst gekochtes Heißgetränk nicht sonderlich genießen zu können, was eigenartig war.

Auch wenn er nach wie vor kein Freund von Gesprächen war, bei denen es um das Wohlbefinden des Gegenübers ging, und er diesbezüglich bei Aurora besonders vorsichtig sein musste, bot er ihr trotzdem eine Zigarette an und ging mit ihr nach draußen auf den Balkon. Er mochte es nicht, dass es bei solchen Gesprächen in der Regel vonnöten war, sich auf das Gegenüber einzulassen und im Optimalfall sogar wertvolle Ratschläge zu geben. Es war zwar schon seit längerem nicht mehr vorgekommen war, aber bei Aurora bestand zusätzlich die Gefahr, dass sie etwas zu sagen hatte, das ihn dazu zwingen würde, den Sicherungsschalter umzulegen sowie rigoros abzublocken.

Irgendwie hatte er das Gefühl, dass heute genau das passieren könnte. Trotzdem fragte er sie schließlich mit einem Hauch von Widerwillen in der Stimme, ob denn alles in Ordnung sei, und klang dabei seiner Befürchtung entsprechend vorsichtig.

„Doch, doch, es passt eigentlich alles", ging Aurora zuerst nicht so richtig auf seine Nachfrage ein, bevor sie nach einer kurzen Pause ergänzte: „Ich fürchte nur, ich habe das mit dem Glückskind verschrien ... Ich habe schon seit Ewigkeiten kein Centstück mehr gefunden."

„Meine Meinung zum Thema Glückskind kennst du ja", lautete seine kühle Reaktion, denn er wollte ihr keinen noch so kleinen Spalt öffnen, mit dessen

Hilfe sie eine Diskussion bezüglich dieses Begriffs starten konnte.

„Sonst fängt sie wieder mit ihren naiven Spinnereien an", dachte er sich.

„Ja, die kenne ich leider", beendete Aurora abrupt das Gespräch.

Sie versuchte ihre Enttäuschung über seine Aussage so gut es ging zu verbergen, indem sie stur auf den Boden blickte, die kaum erst angezündete Kippe auslöschte und zu ihrem Arbeitsplatz zurückkehrte.

Er machte keine Anstalten, sie aufzuhalten, sondern rauchte seine Zigarette fertig, während er beobachtete, wie sie in ihre Arbeit versunken an ihrem Schreibtisch saß. Dabei konnte er eine gewisse Traurigkeit in ihrem Gesicht erkennen. Jedenfalls bildete er sich ein, dies zu tun.

„Du Trottel!", war er plötzlich forsch zu sich selbst. *„Nur weil du selbst zum Zyniker geworden bist, kannst du ihr doch diese Freude lassen. Sie hat doch nur über die Centstücke gesprochen und du fährst sie so an. Schau sie dir nur an …"*, bemerkte er, dass er diesmal wohl vorschnell den Schalter umgelegt hatte.

Dieses Selbstgespräch reichte aus, um ihm das Gefühl zu geben, dass er der Schuldige war, wegen dem es ihr jetzt schlecht ging. Und prompt war die unmittelbare Folge davon der Drang in ihm, es wiedergutmachen und sie aufheitern zu wollen. Heute schien dieser Drang sogar noch stärker und eindringlicher zu sein, als er das ansonsten kannte.

Wenn er sich genauer damit befasst hätte, hätte ihm dieses Gefühl wahrscheinlich zu verstehen gegeben, dass ihm Aurora trotz seiner Vorsicht und dem Versuch sich ständig einzureden, dass es sich bei ihr nur um eine Bekanntschaft handelte, schneller und wohl auch mehr ans Herz gewachsen war, als ihm lieb war.

Doch er befasste sich nicht genauer damit. Stattdessen wendete er weiterhin seine ganze Kraft auf, um diese Tatsache für sich zu negieren. Er bemerkte nicht einmal, dass sein Verhalten häufig etwas anderes zeigte, als es ihm sein Kopf mitteilte.

So war es auch diesmal und er schaffte es einfach nicht, das eben auf dem Balkon Geschehene so stehen zu lassen und in weiterer Folge einfach so zu tun, als ob nichts gewesen wäre. Dabei war so ein Verhalten normalerweise kein Problem für ihn und er hatte es schon unzählige Male gegenüber verschiedensten Personen an den Tag gelegt. Nur war sie nun mal nicht irgendeine Person, auch wenn er das selbst nicht von sich hören und akzeptieren wollte.

Zehn Minuten vor dem regulären Beginn der Mittagspause bat er, unter dem Vorwand, etwas erledigen zu müssen, bei Captain darum, früher Pause machen zu dürfen. Als Gegenleistung bot er ihr an, die Pause zwanzig Minuten früher zu beenden und dementsprechend früher mit der Arbeit zu beginnen, ohne diese zusätzliche Zeit festzuhalten. Er wusste, dass Captain bei einem Gewinn von zehn Minuten unbezahlter Arbeitszeit niemals nein sagen und auch nicht nach dem Warum fragen würde. Genauso war es dann auch und er machte sich auf den Weg, während Aurora, die gewöhnlich immer als Erstes in die Mittagspause verschwand, noch an ihrem Computer saß und gewissenhaft Protokolle abtippte.

Im Erdgeschoss angekommen, machte er kurz vor der gläsernen Schiebetür Halt und zog einen halb zerknüllten weißen Zettel aus seiner Tasche. Auf diesen hatte er fein säuberlich ein Fünf-Cent-Stück geklebt und daneben mit einem schwarzen Filzstift in der schönsten für ihn möglichen Schrift geschrieben: *„Behalte dir dein Glück und dein Lächeln! #Glückskind"*

Er legte den Zettel auf den Boden und beschloss das Glück über dessen weiteren Verbleib entscheiden zu lassen.

Als er zurückkam, stellte er fest, dass an der Stelle, an der er die Nachricht hinterlassen hatte, nichts mehr zu finden war.

Halb zufrieden und halb besorgt darüber, ob das kleine Geschenk auch tatsächlich bei der richtigen Adressatin angekommen war, kehrte er wie vereinbart früher zu seinem Arbeitsplatz zurück, um die versprochene Zeit einzuarbeiten. Obwohl Captain selbst gar nicht anwesend war, hätte er niemals daran gedacht, sich nicht an die Abmachung zu halten. Ob der Grund dafür sein Pflichtbewusstsein, seine - aufgrund seines gegebenen Wortes - Ehre oder doch einfach nur die Angst vor Captain war, blieb für ihn selbst ein Geheimnis.

Er hatte sich gerade zu seinem Schreibtisch gesetzt, als Aurora ebenfalls aus der Pause zurückkehrte. Die Botschaft schien angekommen zu sein, denn sie wirkte zufrieden und ihr Gesicht hatte wieder die liebevollen Züge des Glücklichseins an sich, die sie so unverkennbar machten.

„Lass uns rauchen gehen. Hast du eine für mich?", lachte sie ihn sogleich an und gab ihm damit die indirekte Bestätigung, dass sein Plan aufgegangen war.

„Du kannst gerne eine haben, aber du musst leider alleine gehen. Ich habe Captain versprochen zwanzig Minuten einzuarbeiten", erklärte er ihr ruhig und nicht ganz ohne dabei anzudeuten, dass er für seine Geste der Wiedergutmachung ein Opfer hatte bringen müssen.

„Halb so wild. Dann gehen wir rauchen und wir fangen einfach beide zehn Minuten früher an. Zehn plus zehn ist zwanzig, also ist dann alles in Ordnung", ließ Aurora mit einem Augenzwinkern allerdings keine Widerrede zu. Mit entgegengestreckten Händen forderte sie ihn dazu auf, mitzukommen.

Dieser Argumentation konnte und wollte er in diesem Moment nichts entgegensetzen und begleitete sie hinaus auf den Balkon. Dieser war mittlerweile zur Gänze von den an diesem Tag angenehm wärmenden Strahlen der moderat scheinenden Herbstsonne erfüllt.

Sie setzten sich auf den Boden neben den Aschenbecher, lehnten sich an die wohlig aufgewärmte Wand, zündeten sich ihre Zigaretten an und genossen die Sonnenstrahlen auf der Haut ihrer Gesichter.

Nach einigen Augenblicken unterbrach Aurora die angenehme Stille. „Weißt du was, ich habe davor doch wieder fünf Cent gefunden ..."

„Das freut mich für dich", antwortete er mit einem unübersehbaren, zufriedenen Grinsen in seinem

Gesicht, das zur Abwechslung einmal ernst gemeint war.

„Und dabei hatte ich heute schon so meine Bedenken, da hab ich wohl noch gerade rechtzeitig die Kurve gekriegt", führte sie weiter aus, rückte näher an ihn heran und stupste ihn neckisch mit dem Ellenbogen.

„Naja, nun manchmal muss man dem Glück wohl ein wenig auf die Sprünge helfen", antwortete er vielsagend und erwiderte ebenfalls mit einem im Gegensatz zu Aurora jedoch etwas zögerlichen Ellenbogenstupser ihre Annäherungsversuche.

„Danke!", flüsterte sie ihm leise ins Ohr, bevor sie ihre Hände um seinen Arm schlang und ihren Kopf auf seine Schulter legte.

Sie ließ einige Sekunden verstreichen, ehe sie ihn erwartungsvoll anblickte und ihm nochmals zuflüsterte:

„Gib es doch endlich zu, wir sind beide Glückskinder!"

Wohl von ihrer Nähe überwältigt und in der Hoffnung, ewig in diesem Moment verweilen zu können, ließ er mit leiser, melancholischer Stimme zum ersten Mal seit einer gefühlten Ewigkeit nicht seinen Kopf, sondern sein Herz sprechen: „Glückskinder?

Naja ... Vielleicht hast du recht ... Vielleicht sind wir das ja wirklich."

Sie blieben noch einige Augenblicke in dieser Position, ohne ein Wort zu wechseln, bis Aurora ihren Kopf von seiner Schulter nahm und nach seiner Hand griff. Als er daraufhin seinen Kopf in ihre Richtung drehte, schaute sie ihn besorgt wirkend an.

„Du, darf ich ... Darf ich dir eine Frage stellen?", begann sie zaghaft zu sprechen.

Beinahe erschrocken und sichtlich unsicher nickte er ihr einfach nur zu.

Nun hielt sie seine Hand mit beiden Händen und er spürte, wie sie all ihren Mut zusammennehmen musste, bevor sie begann, die angekündigte Frage zu formulieren: „Ich mag dich wirklich sehr, aber seit ich dich hier wiedergetroffen habe, schwirren so viele Fragen in meinem Kopf herum. Ich meine, es gibt Momente, da scheinst du der gleiche lustige ... Der gleiche freundliche Typ zu sein, den ich damals kennengelernt habe. Und dann gibt es Momente, in denen erkenne ich dich nicht wieder ... Das davor mit dem Zettel zum Beispiel oder wie du damals mit Mina gespielt, sie bestärkt und aufgemuntert hast. Das war der Mann von früher ... Aber ... Aber die anderen Momente, in denen du so tust, als wäre dir alles, jeder und die komplette Welt da draußen völlig egal, so etwas hätte der Mann von früher niemals getan … Nein! Ich bin mir sicher, er hätte Leute, die so denken und handeln, wahrscheinlich sogar verachtet."

Er konnte die Intensität und Sorge, die in ihrer Stimme mitschwangen, förmlich spüren und hörte ihr weiter zu, obwohl er nicht im Stande dazu war, ihr dabei in die Augen zu sehen. Sein Blick konzentrierte sich auf ihren Mund, der die Worte aussprach, von denen ein jedes auf ihn wirkte wie ein abgeschossener Pfeil: „Also bitte sag mir, wer bist du? Was hat dich dazu gebracht, so zu tun? Und bevor du etwas sagst, ich weiß, dass du nicht wirklich so bist! Aus irgendeinem unerfindlichen Grund tust du einfach nur so und das ist … Ich glaube, das ist es, was mich traurig macht. Und das war auch der tatsächliche Grund, warum ich heute in der Pause traurig war. Glaubst du tatsächlich, ich merke das nicht? Ich sehe und spüre es doch, wie du dich jeden einzelnen Tag quälst … Ich sehe es in deinen Augen. Jedes Mal, wenn du mich ansiehst, sehe ich es in deinen Augen. Also bitte sag mir, warum machst du das? Warum tust du so, als ob du irgend jemand anders wärst, als du eigentlich bist?"

In seinem Gesicht war keine Regung zu erkennen. Er stand auf und wendete seinen leeren Blick von ihr ab. Doch Aurora ließ ihn nicht einfach so davonkommen, erhob sich ebenfalls und stellte sich vor ihn. Sie legte ihre Hand auf seine Wange, drehte seinen Kopf in ihre Richtung und sah ihm tief in die Augen.

„Ich weiß, es ist schwer." Ihr Ton war in der Zwischenzeit ruhiger geworden und die Sorge in ihrer Stimme war Entschlossenheit gewichen. „Du kannst es mir erzählen, musst es aber auch nicht ... Nur eines muss dir klar sein. Ich werde immer den Mann in dir sehen, den ich damals kennengelernt habe. Denn auch wenn du es vielleicht selbst nicht wahrhaben willst, dieser Mann von früher, dieser Mann bist du! Und eines kannst du mir glauben! Ich werde dir niemals den Gefallen tun, mich von dir abzuwenden, nur weil du lange genug so tust, als wärst du jemand anderes. Dafür bist du mir einfach zu wichtig!"

Während sie ihren Gefühlen freien Lauf gelassen hatte, war sie mit ihrem Gesicht immer näher an das Seine herangerückt, sodass sich beinahe ihre Nasenspitzen berührten.

„Verstehst du?", flüsterte sie weiter, legte eine Hand mitten auf seine Brust und bewegte ihr Gesicht weiter auf ihn zu. „Verstehst du das?", wiederholte sie mit eindrücklicher Stimme und wohl in der Hoffnung, eine Antwort zu erhalten.

Ruhig fasste er nach ihrem Arm und drückte diesen und somit ihren ganzen Körper sanft, aber bestimmt von sich weg.

„Sag Captain, dass ich am Nachmittag auf Außendienst bin", befahl er ihr mit kühler, emotionsloser Stimme und setzte sich seine Sonnenbrille auf. Ohne ein weiteres Wort zu verlieren, verließ er den Balkon, schnappte sich seine Tasche und ging. Aurora blieb allein zurück und kämpfte mit den Tränen.

Sprachlos stand sie da.

☼

Es war bereits Nachmittag. Mittlerweile hatte nicht mehr die Sonne das Kommando über den Himmel, sondern war dunklen Wolken gewichen.

Gleich nachdem er die Arbeit verlassen hatte, war er nach Hause gegangen. Sein Kopf war zu voll gewesen mit zu vielen Gedanken und auch seine Gefühle waren kurz davor gewesen, seinen Körper zu übermannen.

Eine vereinnahmende Wut, die ihm eigentlich fremd war oder von der er zumindest vergessen hatte, dass sie in ihm existierte, war dabei wahrscheinlich der größte Teil dieser für ihn beängstigenden Mixtur aus verschiedensten Emotionen gewesen. Diese Wut war es vermutlich auch, die dafür sorgte, dass es ihm nicht gelang, all diese Gefühle wegzudrücken, wie er es sonst immer tat. Ihm war klar gewesen, dass er irgendetwas gegen diesen Zustand unternehmen musste. Er wäre sonst durchgedreht.

Deshalb joggte er jetzt schon seit zwei Stunden. Sport schien die einzige Option gewesen zu sein, die er hatte, um den Spuk in seinem Kopf und seinem Körper zu beenden. Obwohl er es aufgrund mangelnder Erfahrungswerte nicht mit Sicherheit sagen konnte, ging er davon aus, dass es wie gegen die anderen Emotionen auch gegen diese so plötzlich in ihm aufgestiegene vereinnahmende Wut helfen würde.

Bereits vor dem Start hatte er gewusst, dass dieses Mal eine ihm bekannte Runde nicht ausreichen würde, weshalb er beschlossen hatte, einfach ohne Ziel und dafür mit umso mehr Tempo den Fluss entlang zu laufen. Er lief wie in einem Tunnel und nahm nichts von alldem wahr, was rund um ihn herum passierte. Nur in seinem Kopf arbeitete und arbeitete es unaufhörlich ohne Pause.

„Ich habe es von Anfang an gewusst. Sie sieht den Mann in mir, der ich einmal war, und nicht den, der ich heute bin", sagte er sich immer wieder.

„Hätte ich Captain damals doch einfach gesagt, dass sie sie gar nicht erst einstellen soll, dann hätte

ich uns das alles erspart!", suchte er nach Lösungen in der Vergangenheit.

Er lief weiter und weiter und immer weiter. Seine Beine brannten in der Zwischenzeit, sein Herz raste und das Atmen fiel ihm zunehmend schwerer, doch er blieb nicht stehen. Er konnte nicht. Bilder von früher zogen in seinem Kopf vorbei, gefolgt von Bildern aus der Kuppel sowie Bildern aus den Nachrichten und schließlich waren da auch Bilder von ihr. Und ständig wiederholte sich diese grausame Dauerschleife.

„Kann sie mich nicht einfach in Ruhe lassen? Sie weiß nichts, rein gar nichts. Sie lebt in ihrer heilen Scheinwelt, die auf dem Fundament ihrer Naivität gebaut ist! Was will sie von mir? Ich soll ihr wichtig sein? Was für eine dreiste Lüge ... Ich bin niemandem wichtig, war es noch nie und werde es auch niemals sein!", rumorte es in seinem Kopf, der dieser neu entdeckten Wut eine Stimme zu geben schien.

Er hatte keine Ahnung, wo er war. Der Fluss war sein einziger Anhaltspunkt und mittlerweile taten ihm sogar schon seine Arme weh. Trotz alledem wollte ihm sein Kopf einfach keine Ruhe gönnen. Das Seitenstechen, welches ihn schon eine Zeit lang begleitete, nahm er schon gar nicht mehr richtig wahr, doch auf einmal schien es sich auch auf sein Herz auszubreiten. Das bewegte ihn schließlich dazu, doch Halt zu machen.

Vor lauter Anstrengung ging er in die Knie und fasste sich an seine Brust. Von seinem Körper konnte er sich diesmal keine Informationen erwarten und er konnte beim besten Willen weder sagen, wie lange er schon unterwegs war, noch, wie weit er gelaufen war.

„Was will sie von mir?", schoss es ihm wieder durch den Kopf.

„Sie weiß nichts von mir. Nichts! Sie weiß nicht, wer ich bin! Sie versteht nicht, dass ich immer nur Unheil über alle bringe, so wie ich es schon immer getan habe", schien sich seine Wut immer mehr in Verzweiflung zu verwandeln und hörte einfach nicht auf.

Plötzlich war es da. In ihm rumorte es. Er kniff die Augen so fest zusammen, wie er nur konnte und stieß einen lautlosen Schrei aus, der ihn innerlich fast zerriss. Es fühlte sich an wie die Nacht des Blutmondes und er hatte KidKads Brief vor Augen. Jeden einzelnen Buchstaben konnte er vor seinem inneren Auge sehen und jeder davon fühlte sich an wie ein Messerstich.

„Sie haben etwas gefunden, womit er mich zwingen kann zurückzukommen. Und was soll ich sagen. Es hat funktioniert, weil ich euch alle und vor allem dich liebe", waren die ersten Zeilen des Briefes, die den Weg in sein Bewusstsein fanden.

Der Brief war an ihn gerichtet gewesen und KidKad hatte darin erklärt, weshalb sie sich gezwungen fühlte, gehen zu müssen. Für ihn war klar, es waren seine drei begangenen Fehler, die sie dazu genötigt hatten.

Der Mann, dem er die handschriftliche Nachricht hinter den Scheibenwischer geklemmt hatte, war Polizist gewesen und zu allem Überfluss Mitglied der Regierungspartei. Die Nachricht war als Morddrohung gegen einen Exekutivbeamten, Aufruf zur Gewalt gegen die Staatsgewalt sowie als Hochverrat ausgelegt worden.

Da sie auf einem Flyer der 'Waldläufer' geschrieben war, wurde das alles nicht nur ihm, sondern auch Sonja als Kopf der Gruppe angelastet. Dass KidKad und er nach Verübung der Straftat zu Sonjas Hütte gefahren waren, galt als Beweis dafür und zusätzlich hatte Sonja somit auch noch einen gesuchten Straftäter bei sich versteckt.

Jetzt holte es ihn endgültig ein. Während er sein Gesicht in seinen Händen vergrub und seine Finger wie von selbst begannen immer fester zuzudrücken, wurde der lautlose Schrei in ihm immer verzweifelter und intensiver. Er hielt es fast nicht mehr aus. Die Schuld fraß ihn förmlich auf.

Sie hatten jahrelang versucht etwas zu finden, um Sonja an den Kragen zu können und er hatte es ihnen geliefert. Doch weder Sonja noch er waren das eigentliche Ziel gewesen. Es war KidKad, die seit geraumer Zeit von einer privaten Sicherheitsfirma observiert und Opfer einer, beinahe schon als Komplott zu bezeichnenden, Aktion geworden war.

Die Exekutive hatte sämtliche als Beweise titulierten Informationen und Dokumente von dieser privaten Sicherheitsfirma bekommen und der Justiz hatte sie die Paragraphen vorgegeben, in denen Anklage erhoben werden sollte. Sonja und er hatten von all diesen Vorgängen nichts mitbekommen, bis sie KidKads Brief in den Händen gehalten hatten.

Zu diesem Zeitpunkt gab es nur noch wenige Menschen, die an der Anklage und Verurteilung etwas ändern hätten können. Sonjas und seine Freiheit, wenn nicht sogar ihre Leben, lagen in der Hand einer Person, die über genügend Macht verfügte, diese Dinge verschwinden zu lassen. Neben der Macht brauchte es allerdings auch den Willen dazu. Und da kam KidKad ins Spiel.

„Ich habe Bedingungen ausverhandelt, damit ich zurückkomme. Die für euch beiden Wichtigen sind: Deine digitale Bürgerakte wird gelöscht und du bist wieder ein unbeschriebenes Blatt. Sonjas Akte wird zwar auch gelöscht, aber sie wird für einen unbestimmten Zeitraum unter Beobachtung gestellt und darf die Umgebung ihrer Blockhütte nicht verlassen. Dafür wird ihr und allen anderen, die Teil der

'*Waldläufer*' *sind, Straffreiheit garantiert"*, hatte Kid-Kad in dem Brief erklärt, was das für Sonja und ihn bedeutete.

In dem Brief stand noch einiges mehr, doch an diese Zeilen hatte er sich schon direkt nach dem Lesen nicht mehr erinnern können. Die Sätze, in denen KidKad davon schrieb, dass es auch noch andere Menschen gab, die sie damit beschützen müsste, oder dass es nur eine Frage der Zeit war, bis so etwas passierte und sie sonst etwas anderes gefunden hätten, hatte er nie an sich herangelassen.

Nun kniete er völlig ausgepumpt am Boden und spürte, wie sich seine Finger immer fester in seine Schläfen bohrten. Doch auf einmal taten sie das nicht mehr. Der lautlose Schrei in ihm war ebenso verstummt und mit diesem verschwanden die Wut und die Verzweiflung.

Alles in ihm hatte sich in eine lähmende Hilflosigkeit verwandelt. Einzig dieser unfassbar tief sitzende Schmerz in seiner Brust, der sich fast schon nach brennender Sehnsucht anfühlte, blieb übrig, als ihm die letzten Worte des Briefs durch den Kopf gingen.

Sie hatte sie niedergeschrieben und war danach für immer fort gegangen: *„Mein Vater, er hat mich gefunden und holt mich zurück. Ich möchte, dass du* *weißt, dass ich im Herzen immer KidKad bleiben werde ... Selbst wenn ich jetzt wieder Yuna Scheinschmid heiße und als diese sterben werde. Danke, dass du mir diesen wunderbaren Namen gegeben hast und mir mit ihm ein zweites wunderschönes Leben geschenkt hast. Es bricht mir das Herz, dass es so enden muss, aber es gibt leider keinen anderen Weg. Ich liebe dich!"*

In ihm war es leer. Nur der Schmerz in seiner Brust war noch da. Es dauerte einige Minuten, bis er wieder in der Gegenwart angekommen war. Es begann sich wieder in ihm zu regen. Er wurde unruhig und erneute übernahm Verzweiflung die Kontrolle über seinen Kopf.

„Aurora ... Ich will sie nicht auch noch auf dem Gewissen haben. Ich will doch einfach nur, dass es ihr und allen gut geht! Was soll ich denn sonst tun?!? Ich muss sie doch beschützen und es gibt nur diesen Weg!" Die Wunden der Vergangenheit hatten Narben hinterlassen, die er zwar spüren, aber nicht sehen konnte.

„Wieso versteht sie es nicht? Sie muss doch endlich verstehen, warum ich nicht mehr so sein kann?", hämmerte es in seinem Kopf, während die Wut in ihm wieder stärker wurde. Mit seiner Hand berührte er die Stelle an seiner Brust, die unaufhörlich schmerzte.

Wie aus dem Nichts fiel es ihm auf. Es war genau die Stelle, an der einige Stunden zuvor noch Auroras Hand gelegen hatte. In seinen Gedanken spürte er sie wieder und sah ihr Gesicht so nah an dem Seinen. Der Schmerz ließ nach, in seinem Kopf wurde es ruhiger und er griff nach dem weißblauen Armband an seinem Handgelenk.

„Sie weiß nicht, wer ich bin", dachte er sich zum wiederholten Male, bevor ihm etwas klar wurde. *„Wie soll sie das auch? Sie hat keine Ahnung davon ... Sie weiß nichts davon, was in meinem Leben und in den letzten Jahren passiert ist. Sie weiß nicht, was ich getan habe."*

Er konnte nicht sagen, wie lange er bereits auf dem Boden kniete, doch es musste eine Weile gewesen sein, denn er merkte, dass langsam die Dämmerung einsetzte. Zusätzlich begann es auch noch zu regnen. Es dauerte nur einige Sekunden und schon schüttete es wie aus Kübeln. Immer noch kniend war das wie ein Segen für ihn, denn die Tropfen kühlten seinen überhitzten Kopf.

So wurde ihm endgültig bewusst, was er eigentlich schon längst bemerkt hatte. Diese Wut, die ihn seit den Mittagsstunden begleitet hatte und nun wieder so spürbar war, richtete sich gegen niemand anderen als gegen ihn selbst. Genauso wie sie es schon sein Leben lang getan hatte. Langsam erhob er sich, blickte in die Richtung, aus der er gekommen war, und lief los.

„Ich kann noch nicht nach Hause", hatte er einen Entschluss gefasst und erhöhte das Tempo.

Der Weg zurück kam ihm weniger mühsam und auch kürzer vor. Er war nur auf sein Ziel fokussiert, obwohl er ab und an daran zweifelte, ob dieses überhaupt das richtige war. An die Schmerzen in seinen Gliedmaßen hatte er sich mittlerweile gewöhnt und das Brennen seiner Lunge empfand er beinahe schon als angenehm, so als würde es ihm im kalten Regen Wärme spenden. Seine Schrittfolge war aufgrund der schon bewältigten Anstrengungen nicht mehr die schnellste, doch langsam, aber sicher näherte er sich der Stadt und ehe er sich versah, war er auch schon dort angekommen.

Sein exaktes Ziel lag etwas von der Innenstadt entfernt und befand sich dort, wo die Bauten schon in den steileren Gebieten lagen. In dem Gürtel, der die Natur der Berge mit der Innenstadt verband.

Der Regen hatte nicht aufgehört, sondern schien sogar nochmal stärker geworden zu sein. Das dumpfe Licht der Straßenlaternen war mittlerweile nötig, um der eingebrochenen Dunkelheit Einhalt zu gebieten. Er kam bei der kleinen Gasse an, in der er bis jetzt erst einmal gewesen war, und das auch nur, weil er dort einen Botengang zu erledigen gehabt hatte.

Trotzdem wusste er genau, wohin er musste. Ein paar Schritte noch und er konnte das kleine, rötlich gestrichene Haus erkennen. Seine Schritte wurden langsamer und wackeliger, was wohl weniger der körperlichen Anstrengung, sondern mehr der mittlerweile größer gewordenen Unsicherheit in ihm geschuldet war. Um diese erst gar nicht weiter anwachsen zu lassen, zog er das Tempo an und lief durch das kleine Tor, dann durch den Garten bis zu der großen, dunkelbraunen Haustüre, die sich unter einem kleinen Vordach befand.

Die Geschwindigkeitserhöhung hatte ihren Zweck erfüllt und er war endgültig völlig außer Atem, als er auf die mit einem Regenbogen verzierte Klingel drückte. Als der schrille Gong der Klingel ertönte, wurde ihm schlagartig klar, was er da gerade tat.

„Nein! Nein! Ich schaffe das nicht!", kam ihm augenblicklich in den Sinn.

Hastig und fast schon panisch drehte er sich um und sprintete los. Doch er war nur einige wenige Meter weit gekommen, als er bereits das laute Quietschen der hölzernen Haustüre hörte. Er sah, dass es keinen Sinn mehr ergab, wegzulaufen, resignierte und drehte sich um.

Da stand sie etwa fünf Meter von ihm entfernt und sah bezaubernd aus im Glanz des spärlichen Lichts, welches die kleine Lampe vor der Haustüre auf sie warf. Er hingegen musste einen furchtbaren Eindruck machen, völlig durchnässt, die Hose voller Schlamm und erst jetzt bemerkte er, dass er bereits am ganzen Körper zitterte.

„Du willst wissen, wer ich bin?", fragte er mit heiserer Stimme, während er zu Boden blickte und wohl zu leise sprach, damit sie ihn überhaupt verstehen konnte.

„DU WILLST WISSEN, WER ICH BIN?", schrie er nun verzweifelt und so laut, wie es seine Kraft noch zuließ. „SIEH MICH AN!", schrie er und mit einer immer stärker werdenden Verzweiflung schrie er weiter: „SIEH MICH AN! SIEH MICH EINFACH AN UND DU WEISST, WER ICH BIN ... WAS ICH BIN ... EIN NIEMAND ... EIN NICHTS ... DAS BIN ICH!!! NICHT MEHR UND NICHT WENIGER! ICH bin... ICH BIN ein... ICH bin ein... Ich bin ein ...“

Er schaffte es nicht mehr, zu schreien. Seine Kräfte hatten ihn verlassen, er sank auf die Knie und musste sich mit beiden Händen auf dem mit Schlamm bedeckten Boden abstützen.

„Ich bin ein gebrochener Mann ...", resignierte er und gestand ihr und somit schlussendlich auch sich selbst ein: „Es tut mir ... Es tut mir wirklich leid, aber ich kann nicht mehr so sein wie früher. Es geht einfach nicht. Ich schaffe das einfach nicht mehr."

Plötzlich spürte er etwas Warmes in seinen nassen Haaren. Ohne dass er es bemerkt hatte, hatte sich Aurora genähert, stand jetzt vor ihm und streichelte ihm sanft durch das Haar.

„Alles gut!", flüsterte sie ihm behutsam zu, während sie ebenfalls in die Knie ging, ihn umarmte und seinen Kopf sachte an ihre Schulter drückte. Sie fühlte sich wärmer und wohliger an als die Sonnenstrahlen, die sie untertags gemeinsam genossen hatten.

„Ich kann nicht mehr so sein ... Es tut. Es tut zu sehr weh. Ich habe es nicht mehr ausgehalten ... Der Schmerz ... So viel Schmerz ... Überall nur Schmerz. Auf der ganzen Welt ist nichts außer Schmerz ... Wie soll man das aushalten, Aurora? Die halbe Welt leidet und der anderen Hälfte ist es vollkommen egal ... Ich konnte das alles spüren und fühlen und die Gleichgültigkeit der Menschen machte es noch schlimmer ... Ich habe versucht etwas zu tun ... Und das hat alles nur noch schlimmer gemacht ... Wegen mir ... Alles nur wegen mir ... Ich bin schuld ...", wimmerte er mit letzter Kraft und erzählte ihr alles.

Er erzählte von den Alkoholexzessen, die er so dringend benötigte, um sich zu betäuben, er erzählte von dem Mahnmal in Form eines Stoffschweins, welches er aus seiner Kindheit aufbehalten hatte, den wiederkehrenden Albträumen, dem Moment, als er zum ersten Mal zusammengebrochen war, und er erzählte ihr sogar von dem Tag, als er zum letzten Mal Tränen auf seiner Wange gespürt hatte.

„Es gibt keine Hoffnung, ich habe mein Leben lang alles versucht, um sie nicht zu verlieren, aber schlussendlich habe ich sie gemeinsam mit allem anderen, was mir wichtig war, verloren. In einer Welt wie dieser ... Da gibt es keine Hoffnung mehr", waren die letzten Worte, die er noch aus sich herausbrachte.

„Ich weiß ... Ich weiß, es sind nur ... Es sind nur leere Worte ... aber vielleicht ist es Schicksal ... Vielleicht ist es Schicksal, dass ...", versuchte Aurora ihn mit einem liebevollen Lächeln und mit sanfter Stimme zu beruhigen und ihr Blick war ein gänzlich anderer als der, der ihn seit seiner Kindheit verfolgte und den er eigentlich erwartet hatte.

Sie sprach weiter, doch er schaffte es nicht mehr, ihren Worten zu folgen. Stattdessen verlor er sich in ihren wunderschönen Augen und sah darin eine Welt voller Güte, Glück und Zufriedenheit.

Als er mit seinem Blick einer Träne folgte, die ihren Quell am Eingang dieser wundervollen Welt hatte und beobachtete, wie sie langsam über ihre Wange bis zu ihren zu einem Lächeln geformten Lippen kullerte, die immer noch dabei waren, Wörter zu formen, fiel es ihm auf. Er hatte sie gefunden, in ihrem Lächeln hatte er die verloren geglaubte Hoffnung endlich wieder gefunden.

Mit etwas Hoffnung war diese Welt vielleicht doch noch nicht verloren.

☼

Tags darauf saß er an seinem Schreibtisch im Büro und blickte auf die große analoge Uhr, die an der Wand hing. Beide Zeiger zeigten auf die Zwölf, was ihn dazu veranlasste, seine Arbeitsutensilien zusammenzupacken und aufzustehen. Es war Freitag und Captain hatte ihn klar und deutlich angewiesen, um diese Uhrzeit zu gehen.

„Keine Minute früher und keine Minute später", waren ihre genauen Worte gewesen.

Bevor er ging, warf er nochmals einen Blick auf den leeren Schreibtisch, der sich in der anderen Ecke des Raumes befand. Aurora war in der Früh nicht aufgetaucht und Captain wollte ihm die Frage, wo sie steckte, nicht beantworten. Die einzige Information, die er aus ihr herausbekommen hatte, war, dass Aurora später kommen würde.

„Schade, ich hätte es ihr gerne vor dem Wochenende gegeben", dachte er sich ein wenig enttäuscht.

Auf dem Weg die Treppen hinunter überlegte er, ob er bis Montag warten oder ob er es doch wagen sollte, es bei ihr zu Hause vorbeizubringen. Er schritt durch die gläserne Schiebetür und ging ein paar Schritte, als er plötzlich ein vertrautes Gesicht erkennen konnte, welches ihm mit eiligen Schritten entgegenkam und kurz vor ihm anhielt.

„Wegen gestern, ich wollte ...", versuchte sich Aurora sogleich zu erklären, ehe er ihre Worte beendete, indem er vorsichtig den linken Zeigefinger auf ihre Lippen legte und währenddessen mit der rechten Hand etwas aus seiner Hosentasche hervorkramte.

Als sie ihn verwundert ansah, zog er sie näher an sich heran, küsste sie freundschaftlich auf die Stirn und drückte ihr etwas grünlich Schimmerndes in die Hand. Ohne eine Reaktion abzuwarten, warf er die Kapuze seiner Jacke über den Kopf, drehte sich um und verschwand, ohne sich nochmal umzuschauen.

Er war körperlich völlig am Ende gewesen, als er am Vortag spätabends in seine Wohnung zurückgekehrt war. Er war nicht einmal mehr in der Lage gewesen, ein Wort mit Nico Robin zu wechseln, die ihn bei der Wohnungstüre empfangen hatte. Doch noch während er unter der Dusche stand, wurde es ihm klar und in seinem Kopf begannen seine aufgestauten, lange unterdrückten und in den Hinterkopf verdrängten Gedanken und Gefühle Form anzunehmen.

Noch mit feuchten Haaren und nur mit seiner Jogginghose bekleidet trat er in sein Zimmer und starrte auf das große Viereck an der Wand, welches für so lange Zeit weiß geblieben war. Er schnappte sich einen dicken schwarzen Marker, der an der Unterseite des Whiteboards lag, zog die Kappe von dem Stift und nahm mit einem tiefen Atemzug durch die Nase, den herben Duft wahr, der von dem Schreibgerät ausging.

Er betrachtete die große, weiße, leere Fläche und schaffte es nicht, sich ein erleichtertes Grinsen zu verkneifen.

„*So viel Platz*", freute er sich.

Er war kaum noch in der Lage, den Arm richtig zu heben, doch es machte ihm nichts aus, denn er war so fokussiert, dass er kaum etwas anderes wahrnahm, als die Ideen in seinem Kopf, die durch seine

Hand zum Stift geleitet wurden, welcher ihm als Werkzeug diente. Mit großer Sorgfalt kritzelte er kaum lesbare Wörter und Sätze, löschte sie aus, schrieb sie erneut, löschte sie wieder und schrieb ganz etwas anderes. Dieses Spiel wiederholte sich für ungefähr zwei Stunden, bis das Whiteboard nicht mehr weiß, sondern zur Gänze mit schwarzen Buchstaben gefüllt war.

Er trat ein paar Schritte zurück, betrachtete das fertige Werk und seufzte zufrieden.

Auch wenn er schon hundemüde war, setzte er sich nochmals auf das Sofa, denn er wollte, nein, er musste es noch zu Ende bringen. Er griff nach einem Stift und suchte seinen niedrigen Couchtisch nach etwas ab, worauf er schreiben konnte. Ein letztes Stück Papier konnte er noch finden.

Nachdem er fertig war, schlief er augenblicklich, noch sitzend und mit dem Stift in der Hand ein. Doch zuvor hatte er noch seine letzten Kräfte gesammelt und auf ein grünlich schimmerndes Papier geschrieben:

„Es gibt keine leeren Worte, solange sie ehrlich sind und von Herzen kommen. Allein der Versuch, Buchstaben aneinander zu reihen und sie auszusprechen, reicht aus, um diejenigen zu erreichen, die gewillt sind, die Botschaft dahinter zu erkennen.

Deshalb danke ich dir für deine 'leeren' Worte, denn sie haben mir dabei geholfen, zu verstehen, dass das Schicksal dort beginnt, wo Menschen ihnen aufgezwungene Grenzen akzeptieren und etwas Höheres über ihr Glück entscheiden lassen.

Nun, manchmal muss man dem Glück wohl ein wenig auf die Sprünge helfen und ein Glückskind ist man nicht, weil etwas Höheres darüber entscheidet, sondern weil man mit offenen Augen, Ohren und Herzen durch die Welt geht und deshalb in der Lage ist das Glück zu sehen und zu finden.

Glückskinder akzeptieren keine ihnen aufgezwungenen Grenzen, sie setzen sie selbst.

Glückskinder achten nicht auf Unterschiede, sie achten auf die Gemeinsamkeiten.

Glückskinder glauben nicht an etwas Höheres, sie glauben an sich und an diejenigen, die ihnen nahestehen.

Glückskinder klammern sich nicht an den Tellerrand, sie schauen darüber hinaus.

Glückskinder wollen nicht alles für sich, sie teilen.

Glückskindern ist es nicht egal, sie kümmern sich.

Glückskinder sind nicht passiv, sie warten auf den richtigen Moment.

Glückskinder kapitulieren nicht, sie kämpfen.

Glückskinder lächeln, träumen und haben Hoffnung, denn sie haben verstanden, es geht nicht um das Was, Wann und Wie viel, sondern um das für Was, für Wen und mit Wem.

#Glückskind"

Danksagung

Da es sich bei „#Glückskinder – II. Hochmut" um den zweiten Teil einer Romanreihe handelt und der dritte Teil bereits geschrieben ist, möchte ich diese Danksagung – in der Hoffnung, dass du nach dem dritten Teil noch die längere Version der Danksagung lesen wirst – kurz halten. Ohne die Nennung der Menschen, die mir durch ihre Arbeit geholfen haben, diesem zweiten Teil die Form zu geben, die er hat, komme ich aber nicht aus. Diesen Menschen möchte ich hier Danke sagen.

Das wäre zum einen die Künstlerin Esther Mair, die das Cover gemalt sowie gestaltet hat und für mich mit ihrer eisernen Regel gebrochen hat, genau so etwas nicht zu tun. Falls ihr euch für andere ihrer so wunderbaren Werke interessiert, findet ihr sie online unter www.esthetic-art.com oder www.instagram.com/esth.etic.art/.

Die zweite Person ist Katrin Hatzl-Dürnberger, die für mich das Lektorat und Korrektorat übernommen hat und mir auch bei anderen Fragen – und das sind bei einem Neuling auf dem Gebiet doch so einige – mit Rat und Tat zur Seite gestanden ist. Sie und Infos zu ihrer Arbeit findet ihr unter: www.buchstabenbuero.at.

Erwähnen möchte ich neben all den anderen Inspirationen, die ich in Literatur, Musik, Film,

Fernsehen, der Natur, meiner Umgebung und sonst noch überall gefunden habe und die ich sicherlich unbewusst einfließen habe lassen, noch die Schöpfungen, auf die ich in diesem Teil sehr bewusst und konkret angespielt habe, ohne sie namentlich zu nennen. Das wären „V wie Vendetta", eine Geschichte, die mich – sowohl als Film (unter der Regie von James McTeigue) als auch als Graphic Novel (von Alan Moore und David Lloyd) – bereits in meiner Jugendzeit fasziniert hat, und der Manga „One Piece", den ich seit bald zwanzig Jahren bis heute lese. Er begeistert mich nach wie vor wie am ersten Tag und ich hoffe, für dessen Schöpfer Eichiro Oda ist es in Ordnung, dass ich Nico Robin den Namen eines Mitglieds der Strohhutpiratenbande gegeben habe. Wenn ich schon bei Inspirationen für Namen bin, möchte ich auch noch „Star Trek: Raumschiff Voyager" erwähnen, dessen Captain Kathryn Janeway die erste Frau in einer Führungsposition war, an die ich mich erinnern kann.

Ich hoffe von Herzen, der zweite Teil von „Hashtag Glückskinder" hat dir gefallen. Wenn dem so ist, würde ich mich sehr darüber freuen, wenn du auch den dritten Teil „#Glückskinder – III. Wollust" lesen würdest. Wie die ersten beiden Teile habe ich diesen ebenfalls über BoD - Books on Demand veröffentlicht.

Danke
Lupo Lito

Wenn du wissen willst, wie es weitergeht:

Lupo Lito

#Glückskinder

III. Wollust

Roman

Der dritte Teil der „Hashtag Glückskinder"-Romanreihe rund um einen namenlosen Protagonisten.

Nachdem er – ohne zu wissen, ob er das überhaupt schaffen könnte – beschlossen hatte von nun an auch ein Glückskind sein zu wollen, bereitet er Aurora auf eine für ihre berufliche Zukunft essentielle Herausforderung vor. Währenddessen rückt der Start des Projekts in der Kuppel immer näher, weshalb er zu der dort stattfindenden Eröffnungsfeier eingeladen wird. Dort wartet nicht nur die Feier auf ihn, sondern auch eine unangenehme Überraschung

Über BoD – Books on Demand veröffentlicht und bereits erhältlich.

Über den Autor:

Lupo Lito wurde in Innsbruck geboren und maturierte an einem Gymnasium. Nach dem Zivildienst studierte er Erziehungswissenschaften an der Universität Innsbruck. Bereits während des Bachelorstudiums war er in verschiedenen sozialen und pädagogischen Berufsfeldern tätig. Nach Abschluss seines Studiums war er mehrere Jahre Leiter eines Projekts für Jugendliche. Aufgrund eines Burnouts mitsamt wiederkehrenden Angstzuständen und Panikattacken musste er diese Tätigkeit beenden. Er nahm sich eine von seinem Ersparten finanzierte berufliche Auszeit und schrieb während dieser die ersten drei Teile der Romanreihe „#Glückskinder". Diese Romanreihe ist die erste Veröffentlichung von Lupo Lito.

Folge Lupo Lito auf Instagram:

www.instagram.com/lupo_lito

Oder erreiche ihn per E-Mail:

lupo.lito@gmx.at

Hinweise zum Inhalt:

Dieses Buch enthält Elemente,
die triggern können. Zum Teil werden diese
detailliert dargestellt.

Es handelt sich um:
Alkohol, physische/psychische/sexualisierte Gewalt, Kontrollverlust, Flashbacks, Verlust, Angstzustände und Panikattacken, Dissoziation, etc.

Falls du dich dazu entschließt, das Buch zu lesen, schau auf dich und sei achtsam beim Lesen.

Und scheue dich nicht über bestimmte Themen zu sprechen, die dich beschäftigen oder belasten.
Egal ob du einer Vertrauensperson davon erzählst, dir bei Beratungsstellen Unterstützung holst oder dich entscheidest, eine Psychotherapie zu beginnen.

Dass alle diese Schritte leichter gesagt als getan sind, weiß ich aus eigener Erfahrung.
Aber sie helfen!

Wenn du alle bisherigen Teile auf einen Schlag haben möchtest:

Alle bisherigen drei Teile der „Hashtag Glückskinder"-Romanreihe rund um einen namenlosen Protagonisten in einem Buch.

Lupo Lito
#Glückskinder
I. Habgier - II. Hochmut - III. Wollust
Roman

Über BoD – Books on Demand veröffentlicht und erhältlich.

Falls du den Anfang der Geschichte verpasst hast:

Der erste Teil der „Hashtag Glückskinder"-Romanreihe rund um einen namenlosen Protagonisten.

Lupo Lito
#Glückskinder
I. Habgier
Roman

Über BoD – Books on Demand veröffentlicht und erhältlich.